KB236535

나는 치유농장에서
나이 들기로 했다

나는 치유농장에서 나이 들기로 했다
–무너진 몸과 땅을 함께 살리는 치유디자인, 퍼머컬처(Permaculture)
조영빈 지음

초판 인쇄 2026년 03월 05일
초판 발행 2026년 03월 10일

지은이　조영빈
펴낸이　신현운
펴낸곳　연인M&B
기 획　여인화
디자인　이희정
마케팅　박한동
홍 보　정연순
등 록　2000년 3월 7일 제2-3037호
주 소　05056 서울특별시 광진구 자양로 73(자양동 628-25) 동원빌딩 5층 601호
전 화　(02)455-3987 팩스 02)3437-5975
홈주소　www.yeoninmb.co.kr
이메일　yeonin7@hanmail.net

값 17,000원

ⓒ 조영빈 2026 Printed in Korea

ISBN 978-89-6253-621-8 03810

무너진 몸과 땅을 함께 살리는 치유디자인, 퍼머컬처 Permaculture

나는 치유농장에서 나이 들기로 했다

조영빈 지음

얘야, 이제 집으로 가자

2025년 1월, 의사의 진료실 공기는 유난히 차가웠다. 창밖의 겨울 햇살은 색을 잃었고, 실내에는 소독약 냄새와 기계의 미세한 진동음만이 떠돌았다. 하얀 가운을 입은 의사가 내 이름과 나이를 확인하더니 모니터 속 흑백 영상을 번갈아 바라보며 입을 열었다.

"초기 전립선암입니다."

그 짧은 한마디가 내 삶의 모든 시간을 멈춰 세웠다. 지난 65년간 단 한순간도 멈추지 않고 달려온 내 삶이 순간 정지되는 느낌이었다. 의사의 다음 말은 들리지 않았다. 온 세상의 소음이 멀어지는 듯한 깊은 침묵 속에서, 나는 수십 년 전의 목소리 하나를 떠올렸다.

"얘야, 이제 집으로 가자."

차가운 기계음에 둘러싸인 중환자실, 생명의 마지막 순간을 앞두고 산소호흡기 너머로 내 손을 잡으며 힘겹게 속삭이셨던 아버지의 마지막 유언이었다. 그때는 그저 병원을 떠나고 싶다는 투정인 줄만 알았다. 아들의 의무감으로만 그 말을 이해했다. 그러나 암이라는 내 자신의 죽음의 그림자와 정면으로 마주한 그 순간, 나는 비로소 아버지의 그 한마디에 담긴 진짜 의미를 온몸으로 깨달았다.

그것은 단순히 물리적인 집으로 가고 싶다는 말이 아니었다. 차갑고 낯선 공간이 아닌, 자신의 삶의 온기와 기억이 밴 흙냄새 속에서, 사랑하는 이들 곁에서 존엄하게 마지막을 맞이하고 싶다는 한 인간의 간절한 외침이었다. 진료실 의자에 앉아 나는 스스로에게 물었다.

'나의 마지막은 어떤 풍경이어야 하는가. 나 역시 아버지처럼 언젠가 그 길의 끝에 섰을 때 집으로 가자고 말할 수 있을까. 그렇다면 내가 돌아가야 할 집은 과연 어디인가?'

우리는 너무 빠르다. 세 살배기 아이가 영어 학원 버스에 몸을 싣고, 멈추면 도태된다는 공포가 채찍질하는 사회. AI가 인간의 지능을 대체하고 클릭 한 번으로 모든 것이 해결되는 세상에서, 우리는 역설적으로 살아 있는 '몸'을 잃어버렸다. 나는 그 속도전의 최전선에서 평생을 달렸다. 하지만 암은 나에게 브레이크를 걸며 물었다.

"그 속도로 어디까지 갈 셈인가?"

그 절박함 속에서, 문득 의료기기의 냄새 대신 또 다른 기억이 겹쳐졌다. 암 진단을 받고 수술을 기다리던 몇 달간, 매일 아침 맨발로 흙을 밟으며 걷던 용인의 작은 텃밭이었다. 그곳에서 나는 약이나 병원이 아닌, 땅의 기운과 햇살의 온기, 내 손으로 직접 키운 작은 새싹을 통해 다시 살아나는 나를 경험하고 있었다. 손으로 흙을 만지고 땀 흘리는 노동은, 잊고 있던 나의 존재를 가장 감각적으로 확인시켜 주는 행위였다.

그때 나는 알았다. 아버지가 돌아가고자 했던 '집'은 돌아갈 주소가 아니라 되찾아야 할 생명의 자리라는 것을. 그리고 그 '집'이 바로 내가 다시 살아난 흙의 정원이라는 것을….

그날 나는 결심했다. 더 이상 미룰 수 없다. 이제는 내가, 아버지가 그렇게 간절히 돌아가고자 했던 그 '집'을 직접 짓기로 했다. 병든 몸과 마음을 가진 이들이 차가운 병실이 아니라, 흙냄새와 사람의 온기 속에서 서로를 보듬으며 존엄하게 나이 들어갈 수 있는 그런 집을….

이 책은 그 결심으로부터 시작된 나의 기록이다. 단지 한 사람의 귀농기가 아니다. 아버지의 등에 기대어 '책임'을 배운 아들, 누이들의 묵묵한 헌신에서 '사랑'을 배운 동생, 그리고 흙의 품에서 '회복'을 배운 인간의 이야기다.

또한 기후위기와 초고령사회라는 두 벽 앞에서, 병든 땅과 외로운 사람이 함께 살아갈 수 있는 길을 찾기 위한 하나의 실험이기도 하다. '퍼머컬처 커뮤니티 케어팜(PCC)'이라는 이름으로 정리된 이 시도는 삶의 방식에 대한 질문이자, 조심스러운 보고서다.

돌이켜 보면, 내 삶의 모든 전환점은 결국 나를 이 흙으로 되돌려 보내기 위한 여정이었다. 그 길은 멀고도 느렸지만, 결국 하나의 방향을 가리키고 있었다.

"살아 있는 것과 연결되는 삶으로 돌아가는 길."

이 책이 인생의 중턱에서 길을 잃은 누군가에게 작은 위로가 되기를 바란다. 그리고 당신만의 '마지막 정원'을 가꿀 용기의 씨앗이 되기를 바란다.

나는 치유농장에서 나이 들기로 했다. 그 선택은 단지 한 사람의 귀향이 아니라, 삶과 죽음, 사람과 자연을 다시 잇기 위한 나 나름의 약속이었다.

2026년 새해
조영빈

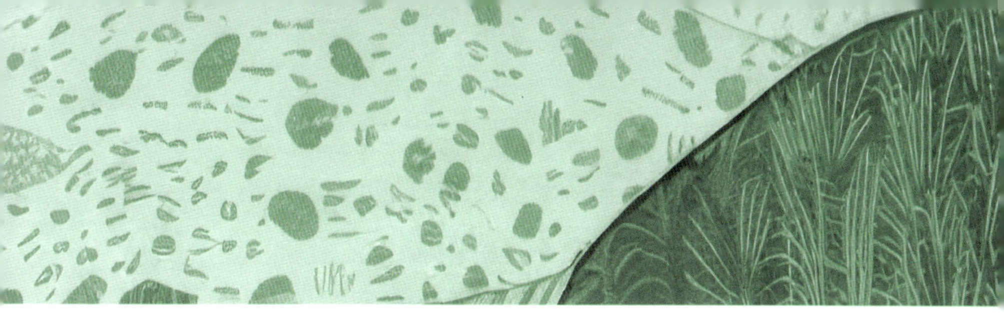

제2부 길 위에서 길을 찾다

제1부

씨앗을 품었던 시간, 나를 키운 토양

제1장
내 삶의 뿌리, 흙이 되어 준 사람들

한 그루의 나무가 어떤 모습으로 자랄지는 그 뿌리가 뻗은 땅의 깊이와 자양분에 달려 있다고 믿는다. 내 삶의 길을 돌아볼 때, 내 생각과 행동, 그리고 내가 꾸는 꿈의 가장 깊은 곳에는 언제나 나를 만들어 준 사람들이 있었다. 한 분은 내 안에 결코 무너지지 않을 내면의 기둥을 세워 주셨고, 다른 한 분은 거친 세상의 파도를 어떻게 헤쳐 나가야 하는지 온몸으로 보여 주셨다. 또 다른 이들은 기꺼이 자신을 낮춰, 내가 쉴 수 있는 너른 그늘이 되어 주었다. 나의 모든 이야기는 바로 그 따뜻한 땅과도 같았던 이들에게서 시작된다.

내 유년의 기억 속에는 두 분의 스승이 계신다. 한 분은 아버지, 다른 한 분은 국민학교 4학년 때 담임 선생님이셨다. 여름날 마을을 덮친 큰 홍수로 개울이 범람했을 때, 아버지는 허리에 굵은 밧줄을 묶고 성난 물살 속으로 뛰어드셨다. 이웃을 구해 내던 그 거친 숨소리와 단단한 등은 어린 내게 공동체와 책임감의 의미를 그 어떤 말보다 깊이 가르쳐 주었다. 평생을 소작인으로 밭을 갈며 묵묵히 가족을 부양하셨던 아버지의 땀방울은 그렇게 내 안에 "책임"이라는 씨앗을 심어 주었다.

담임 선생님께서는 내게 또 다른 세상을 열어 주신 분이다. 주판을 가르쳐 주시며 "너는 커서 은행장이 되어라."고 격려하셨고, 삐뚤빼뚤한 내 글씨를 바로잡아 주시던 다정한 손길을 기억한다. 밴드부를 만들어 작은 북을 치게 해 주셨던 그 기억은 지금도 내 가슴을 뛰게 한다. 무엇보다 "신독(愼獨)", 즉 '홀로 있을 때에도 도리에 어긋남이 없도록 몸가짐을 바로 해야 한다.'는 가르침은 훗날 수많은 선택의 기로에서 나를 붙잡아 준 인생의 기둥이 되었다.

내 서울 유학길은 보이지 않는 가족들의 헌신 위에 놓여 있었다. 중학교 3학년, 나는 서울로 전학했다. 그것은 넉넉지 않은 살림에도 아들만큼은 더 넓은 세상에서 공부시키겠다는 부모님의 힘겨운 결단이 있었기에 가능한 일이었다.

"서울 유학 가려면 논 팔고 소 팔아야 하는데, 너희 집이 그렇게 부자냐?" 하시던 당시 중학교 선생님의 걱정 섞인 물음은 아픈 현실이기도 했다. 하지만 가족들은 논을 파는 쉬운 길 대신, 온 식구가 허리띠를 졸라매며 나를 지원하는 쪽을 택했다. 가족들이 땀 흘려 만들어 준 그 길에 대한 고마움과 미안함은, 어린 내 가슴에 평생 갚아야 할 무거운 마음의 빚이자 책임감으로 남았다.

부끄러움이 많은 아이

침묵 속의 사랑, 기다림의 철학

나는 어려서부터 유난히 부끄러움이 많은 아이였다. 낯선 사람 앞에서는 물론, 익숙한 얼굴들 앞에서도 늘 세상 뒤편으로 한 걸음 물러서곤 했다. 사람들 앞에 서면 온몸의 피가 얼굴로 몰려 뜨거워지고 목소리는 저 깊은 곳으로 가라앉았다. 보이지 않는 투명한 벽이 나와 세상을 가로막는 듯했다. 그 막막함이 바로 내가 기억하는 어린 시절의 모습이었다.

국민학교 4학년 아버지 생신날, 그 부끄러움은 잊을 수 없는 상처로 남았다. 가난했지만 아버지는 선생님들을 깊이 존경하셨다. 해마다 생신이면 어머니와 동네 아주머니들이 새벽부터 미역국을 끓이고 잡채를 무치며 집 안을 향긋한 냄새로 채웠다. 그날 아버지는 이번에는 네가 직접 선생님들께 초대 말씀을 드려 보라고 하셨다.

"우리 아들이라면 잘할 거야."

그 눈빛에는 믿음이 담겨 있었지만, 나는 며칠 동안 말 한마디를 꺼내지 못했다. 가난한 집안을 보일 용기도, 선생님 앞에 설 자신도 없었던 것이다.

결국 아무 말도 하지 못한 채 생신날이 되어 버렸다. 식탁에는 김이 모락모락 났지만 선생님들은 오지 않았다. 나의 침묵이 만든 빈 자리는 송곳처럼 마음을 찔렀다. 마침 지나던 친척 덕분에 뒤늦게 소식이 전해져 생신 잔치는 무사히 끝났지만, 그날 나는 방 한구석에 웅크려 아버지의 꾸중을 기다렸다.

그러나 아버지는 아무 말도 하지 않으셨다. 어머니 역시 나를 나무라지 않고 그저 밥그릇 위에 반찬을 살짝 올려 주셨다. 그 침묵은 꾸중보다 더 무거웠지만, 그 속에는 미숙한 아들을 이해하고 기다려 주는 깊은 사랑이 숨어 있었다.

그날의 침묵은 내게 세상이 얼마나 따뜻한 품을 가지고 있는지를 가르쳐 주었다. 세상 앞에서 무너질 뻔했던 부끄러운 아이는 그 침묵 덕분에 다시 일어설 수 있었다.

세월이 흘러 치유농장을 설계할 때, 그 기억은 내 철학의 뿌리가 되었다.

흙이 서툰 씨앗을 조용히 품어 주듯, 사람 또한 기다림 속에서 성장한다. 내가 만든 농장은 바로 그 믿음 위에 세워졌다. 아버지의 침묵과 어머니의 온기가 오늘의 '치유의 철학'이 된 것이다.

수줍지만 개구장이었던 아이

자유를 맛본 아이, 그리고 한 번의 추락

내 안에는 수줍음과 장난기가 함께 흐르고 있었다. 낯을 많이 가렸지만, 그만큼 내면에는 어쩔 수 없는 장난의 피가 끓었다.

학교까지 2킬로미터 남짓한 길을 낡은 신발을 손에 들고 맨발로 걸어 다니던 그 길이 나의 무대였다. 흙냄새와 풀냄새가 뒤섞인 그 길 위에서 나는 세상 누구보다 자유로웠다. 여름이면 냇가에서 멱을 감고, 밭둑을 넘어 이웃집 수박을 발끝으로 툭 차 쪼개 먹곤 했다. 그 달고 시원한 맛은 세상에서 가장 완벽한 자유의 맛이었다. 나는 조용하면서도 예측할 수 없는, 내성적이지만 살아 있는 아이였다.

그러던 어느 봄날, 햇살이 눈부시던 날이었다. 친구들과 함께 큰 나무 꼭대기까지 올라가 세상을 내려다보며 장난을 치다가 동네 어른의 호통에 놀라 서둘러 내려오다 발을 헛디뎠다. 짧은 비명과 함께 공중으로 몸이 떠올랐고, 그 순간 모든 것이 멈춘 듯했다. 땅에 떨어진 나는 다리가 부러지는 큰 부상을 입었다. 짧은 놀이가 내 어린 시절을 크게 흔든 전환점이 되었다.

그 여름방학 내내, 나는 가평 읍내 외할머니 댁에서 하얀 깁스를 한 채 두 달을 꼼짝없이 보내야 했다. 친구들이 냇가에서 물장구치는 소리가 들려도 나는 방 안에 갇힌 채 창밖을 바라볼 뿐이었다.

그때는 몰랐다. 그 사고와 병상의 기록이 훗날 내 인생의 가장 소중한 인연을 이어 주는 다리가 될 줄은.

세월이 흘러, 나는 한 여자를 만나 사랑에 빠졌다. 우연처럼, 그녀의 첫 부임지는 내가 졸업한 상천국민학교였다. 첫 출근 날, 그녀는 오래된 학생기록부 속에서 익숙한 내 이름을 발견했다. 거기엔 이렇게 적혀 있었다.

"나무에서 떨어져 다리가 부러짐." 그녀는 기록 속에 잠든 어린 나를 만난 것이었다. 훗날 아내는 말했다. "그 기록을 보는 순간, 어린 시절 당신의 상처를 미리 본 것 같아 마음이 짠했어요."

그렇게, 내 어린 시절의 상처는 운명처럼 우리의 사랑 이야기와 겹쳐졌다.

상처를 품은 사랑, 회복의 철학

내 인생의 상처는 훗날 사랑으로 이어졌지만, 그 상처를 처음 어루만져 준 사람은 외할머니였다. 움직이지 못하는 답답함과 서러움에 밤마다 몰래 눈물을 훔치던 나를 외할머니는 매일 품에 안아 위로해 주셨다.

직접 끓여 주신 죽 한 그릇, 붓기를 걱정하며 다리를 쓰다듬던 거친 손길, 무더운 여름밤에도 식지 않던 부채질. 그 손길은 단순히 부러진 뼈를 붙인 것이 아니었다. 다시는 걸을 수 없을지도 모른다는 어린 마음의 두려움을 녹여 주었다.

그 온기 속에서 나는 배웠다. 세상은 여전히 기대어 살 수 있는 따뜻한 곳이라는 믿음을. 그 여름, 외할머니 댁에서 읽은 「돌아온 래시 (Lassie Come-Home)」는 내 마음을 깊이 흔들었다. 가난 때문에 팔려간 개 래시가 온갖 시련을 견디고 마침내 주인에게 돌아오는 이야기. 그 충직한 믿음이 내 가슴을 아프게 했다.

"사람도 결국 자신이 돌아가야 할 곳으로 돌아가야 한다."

그 문장은 그때는 막연했지만, 세월이 흐를수록 내 삶의 화두가 되었다. 나는 어디로 돌아가야 할까. 나의 뿌리는 어디일까. 도시의 삶 속에서 길을 잃을 때마다 래시는 내 마음속 길잡이가 되어 나를 다시 흙과 사람 곁으로 이끌었다.

외할머니의 손길이 내게 세상의 온기를 가르쳐 주었듯, 치유농업
역시 상처받은 이들의 마음을 따뜻하게 어루만져 주는 공간이 되어
야 했다. 흙은 서툰 손을 꾸짖지 않는다. 그저 품고 기다리며, 때가
되면 생명을 내어준다. 나는 그런 흙처럼, 누군가의 서툼과 불완전
함을 있는 그대로 품는 사람이 되고 싶었다. 그날의 외할머니처럼,
그리고 넉넉한 대지처럼. 내가 만든 치유농장은 그 기억과 다짐 위
에 세워졌다.

내 삶을 세운 두 개의 기둥

내면의 기준을 세워 준 사람이 선생님이라면, 삶의 태도를 온몸으로 보여 주신 분은 아버지였다. 한 분은 내 마음에 보이지 않는 나침반을, 다른 한 분은 거친 세상의 파도를 헤쳐 나가게 하는 등대를 세워 주셨다. 내 인생은 바로 그 두 기둥 위에 세워졌다.

내면의 나침반–'신독'을 가르쳐 준 선생님

국민학교 4학년 담임 선생님은 잠자고 있던 내 가능성을 깨워 주신 분이었다. 그때 내 글씨는 너무 엉망이라 내가 써 놓고도 알아보기 힘들 정도였다. 하지만 선생님은 포기하지 않으셨다. 손의 방향을 바로잡아 주시고, 끝까지 격려하며 인내로 이끌어 주셨다. 주판을 처음 가르쳐 주신 분도 선생님이었다. 경쾌하게 튕기는 주판알 소리 속에서 "너는 커서 은행장이 되어라." 그 말은 가난한 시골 소년의 마음속에 뚜렷한 꿈 하나를 심어 주었다. 그 말이 훗날 내가 상업고등학교로 진학하게 된 결정적인 계기가 되었다. 선생님은 밴드

부를 구성하셔서 나는 작은 북을 맡았다. 친구들과 함께 연주하며 처음으로 '함께 소리를 내는 기쁨'을 배웠다. 선생님은 그렇게 세상으로 향한 창을 열어 주셨다.

그러나 선생님이 남겨 주신 가장 큰 가르침은 따로 있었다. 삐걱거리는 나무 복도, 난로 위 도시락이 익어 가던 교실의 냄새가 아직도 선명하다. 그날, 화가 잔뜩 난 얼굴로 교실에 들어오신 선생님은 서울에서 전학 온 아이가 왕따를 당했다는 이야기를 꺼내셨다. "어제 그 아이를 괴롭힌 사람, 앞으로 나와!"

순간 시끄럽던 교실이 얼어붙었다. 선생님은 아이들에게 커튼을 모두 내리게 했다. 한낮의 교실이 어둠에 잠기자 난로 옆에 있던 나무 막대를 들어 아이들의 엉덩이를 치셨다. 매질이 끝난 뒤, 선생님은 칠판에 네 글자를 쓰셨다.

"신독 愼獨!"

"아무도 보지 않을 때에도 바르게 행동해야 한다."는 그 말씀과 어둑했던 교실의 공기가 내 마음속 깊은 곳에 새겨졌다. 그날 이후, 신독은 내 인생의 내면 규칙이 되었다.

세월이 흘러 동창회 사이트가 유행하던 어느 날, 친구들과 함께 선생님을 수소문해 찾아뵈었다. 어릴 땐 거인처럼 느껴졌던 선생님이 이젠 작고 따뜻한 웃음으로 우리를 맞으셨다. 시간은 선생님의 모습을 바꾸었지만, 그분이 내게 세워 주신 '신독의 기둥'은 세월이 지날수록 더욱 단단해지고 있었다.

'홀로 있을 때에도 도리에 어그러짐이 없도록 몸가짐을 바로 하라.'는 그 가르침은, 그날의 어둠과 함께 내 어린 마음에 깊이 새겨졌다.

외적 등대―'책임과 품격'을 보여 준 아버지

아버지는 말보다 행동으로 삶의 품격을 보여 주신 분이었다. 어린 시절, 며칠째 폭우가 쏟아져 마을 앞 냇물이 사납게 불어났던 날이 있었다. 황토빛 물살이 모든 것을 삼킬 듯 흐르고, 건너편 이웃들이 고립되어 위험하다는 소식이 들려왔다.

그러나 누구도 나서려 하지 않았다. 그때, 아버지는 아무 말 없이 굵은 밧줄을 허리에 묶으셨다. 그리고 주저함 없이 거센 물살 속으로 뛰어드셨다. 온 힘을 다해 강이 되어 버린 내를 가르며 고립된 이웃들을 한 명씩 구해 내셨다.

그날 나는 두 눈으로 보았다. 모두가 두려움에 머뭇거릴 때, 공동체를 위해 한 걸음 내딛는 사람의 진짜 책임을. 아버지의 그 단단한 등은 내게 '책임'이라는 단어의 진정한 의미를 새겨 주었다.

아버지는 평생 가난 속에서도 가장의 품격을 잃지 않으셨다. 그분의 삶은 크지 않았지만 단단했고, 그분의 죽음은 슬픔보다 존경에 가까웠다.

아버지가 세상을 떠나시던 날, 마을에서 치뤄진 장례식은 슬픔보다 감사의 기운으로 가득했다. 이웃 어르신들과 마을 사람들이 하나같이 찾아와 진심으로 고개를 숙였다. 그분들은 말했다. "정직하고 성실하게 사신 분이었어요. 이 마을의 어른이셨죠." 그 모습을 보며 나는 마음속 깊이 느꼈다. "품격 있는 삶은 결국 타인의 기억 속에 남는다." 아버지의 마지막 모습은 한 인간이 남길 수 있는 가장 아름다운 결말이었다.

내 안의 나침반이 된 '신독', 그리고 세상을 향한 등대가 된 '책임과 품격'

이 두 기둥은 훗날 내가 치유농장을 세울 때 보이지 않는 설계도가 되었다. 농장은 단순히 상업 논리가 아니라 진정성(신독) 위에 서야 했고, 개인의 치유를 넘어 지역사회에 책임을 다해야 했다(책임). 그리고 누구든 그곳을 찾는 사람이라면 마지막 순간까지 '인간으로서의 품위'를 지켜 주는 공간이어야 했다(품격). 그것이 바로 아버지와 선생님이 내 삶에 세워 준 두 개의 기둥이 가르쳐 준 진리였다.

기꺼이 그늘이 되어 준 너른 어깨들

삶의 기둥이 스승의 가르침으로 세워졌다면, 그 기둥을 단단히 붙잡아 주고 바람으로부터 지켜 준 것은 가족이라는 넓은 어깨였다. 내가 걸어온 모든 시간은 결코 혼자의 힘으로 이루어진 것이 아니었다.

밥상 위에 놓인 어머니의 사랑

어머니의 사랑은 언제나 따뜻한 밥상 위에 있었다. 밥상에 김이 오를 때면 어머니는 늘 남몰래 내 밥그릇 위에 콩 몇 알을 올려 주셨다. 그 콩에는 편애가 아닌, 유난히 허약했던 아들을 향한 살가운 정이 담겨 있었다.

생일날이면 집안 가득 퍼지는 떡 찌는 향기가 가난한 집의 가장 큰 잔치였다. "네가 좋아하니까, 이게 제일 좋다." 웃음 섞인 목소리로 어머니는 늘 수수팥떡을 만들어 주셨다. 그 떡보자기를 싸서 낯선

서울의 자취방으로 가져가면 차갑던 도심의 방이 순식간에 고향의
온기로 변했다.

세월이 흘러 손주들이 태어난 뒤에도 어머니의 사랑은 여전했다.
새벽 안개를 가르며 씨암탉을 잡아 끓여 주신 닭백숙 한 그릇. 도시
의 아이들에겐 생소했지만, 그것은 손자들을 향한 그리움의 언어였
다. 나는 그 국물을 삼키며 어머니의 마음을 함께 삼켰다.

가족의 헌신이 세운 토대

내 인생의 단단한 기초는 나 혼자의 힘이 아니라, 가족들의 묵묵한
땀과 눈물로 다져진 것이다. 넉넉지 않은 형편 속에서도 가족들은
나의 학업과 서울 생활을 위해 자신들이 누려야 할 많은 것들을 기
꺼이 양보하고 희생했다.

어릴 적 유난히 병약했던 나는 새벽마다 응급실로 실려 가곤 했다.
그때마다 놀란 가슴을 쓸어내리며 달려와 내 차가운 손을 꼭 잡아
주던 이들도 가족이었다. 내가 학업에서 작은 성과라도 낼 때면, 본
인들의 고단한 삶은 잠시 잊은 채 누구보다 환하게 웃으며 "네가 우
리의 희망이다."라고 기뻐해 주었다. 그 믿음과 자부심이 낯선 도시
에서 나를 지탱하는 가장 큰 힘이었다.

그러나 철없던 시절의 나는 그 헌신을 때로는 마음의 짐으로, 때로
는 부끄러움으로 여겼다. 취업 면접장에서 집안 형편이나 가족에 대

한 질문을 받았을 때, 나는 가난한 배경이 들킬까 봐 혹은 그들의 고생이 나의 앞길에 흠이 될까 봐 말끝을 흐리곤 했다. 그 비겁했던 순간이 지금도 가슴을 아프게 찌른다.

이제 다시 그때로 돌아간다면 나는 당당히 말할 것이다. "가족들은 자신들의 꿈을 접어 두고 저를 위해 헌신했습니다. 저는 그 희생이 헛되지 않도록 그들의 몫까지 더 열심히, 더 바르게 살겠습니다."

그 깊은 사랑의 빚은 평생을 갚아도 다 갚지 못할 것이다.

아내와 동생, 그리고 '공동체의 어깨'

내 인생에서 가장 큰 행운은 지금의 아내를 만난 일이었다. 초임 교사로 내 고향에 부임했던 그녀는, 내가 삶의 방향을 잃을 때마다 뿌리를 일깨워 주던 '살아 있는 고향'이었다. 그리고 장모님이 곁에 계셨기에 아내와 나는 안심하고 사회생활에 집중할 수 있었다. 두 아이를 정성껏 키우며 우리 부부의 삶을 지탱해 주신 헌신이 없었다면, 지금의 우리는 존재하지 못했을 것이다.

나의 동생과 제수씨에게도 끝없는 감사와 미안함을 느낀다. 내가 도시의 불빛 아래서 꿈을 좇을 때, 그는 학업을 마치고 고향으로 돌아와 부모님과 함께 공직에 몸담으며 마을의 크고 작은 일을 돌보았다. 그들 덕분에 나는 언제든 돌아갈 수 있는 '고향'을 가질 수 있었다. 아버지의 기억이 묻힌 그 땅에 다시 뿌리내릴 수 있었던 것도,

묵묵히 그 자리를 지켜 준 동생과 제수씨가 있었기 때문이다.

동생 부부뿐만 아니라, 마을을 지켜온 이웃들—농한기에도 밭을 돌보고, 어르신의 안부를 살피며, 마을 행사를 이끌던 사람들—모두가 든든한 어깨였다. 누군가의 조용한 손길 덕분에 마을의 불빛은 꺼지지 않았다. 그들은 마치 항구의 등대지기처럼 내 인생의 길을 비춰 준 사람들이었다.

가족의 넓은 어깨 덕분에 나는 넘어지지 않고 다음 장으로 나아갈 수 있었다. 그리고 그 경험이 내게 분명히 가르쳐 주었다.

"치유는 결코 혼자 이루어지지 않는다."

진정한 치유농장은 서로의 부족함을 덮어 주는 공동체의 어깨 위에서만 가능하다. 이제 나는 내가 받은 사랑을 되돌려 주고 싶다. 서툰 씨앗을 기다려 주는 흙처럼, 미숙했던 나를 묵묵히 기다려 준 부모님처럼, 나 또한 누군가를 기다려 주는 흙이자 그늘이 되고 싶다. 언젠가 그들이 각자의 속도로 싹을 틔우고 세상에서 가장 아름다운 꽃으로 피어날 수 있도록.

도시의 성공은 내 이름을 높였지만 마음을 비워 버렸다. 보고서와 숫자는 늘 정확했지만, 그 속에서 사람의 온기가 점점 사라지고 있었다. 하루하루 쌓이는 성취가 오히려 나를 무겁게 만들었다. 회의가 끝난 늦은 밤, 창밖의 불빛을 바라보며 문득 생각했다.

그때 떠오른 것은 아버지의 얼굴이었다. 어릴 적, 아버지는 늘 흙 냄새가 밴 손으로 내 머리를 쓰다듬으셨다. 그 손의 거칠음 속에 따뜻함이 있었다. 도시의 시간 속에서 잊고 지냈던 그 냄새가 문득 그리워졌다. 어느 봄날, 출장으로 들른 시골 마을에서 그 기억이 되살아났다. 밭머리에 서자마자 흙냄새가 코끝을 스쳤다. 농부의 손바닥에서 전해지는 거친 온기, 들판 끝의 민들레 한 송이. 그 모든 것이 낯설게 마음을 흔들었다.

그날 밤 나는 알았다. 나는 오랫동안 머리로만 세상을 이해하려 했다는 것을. 삶은 논리가 아니라 감각으로, 말이 아니라 손으로 이해되는 것임을. 그래서 나는 다시 흙으로 돌아가기로 했다. 도시의 성공이 채워 주지 못한 '살아 있음'을 찾기 위해.

삶의 뿌리에서 피어난 철학

내 삶의 뿌리는 가족이 몸으로 보여 준 책임, 성실, 그리고 희생이었다. 그 가르침은 훗날 내가 만든 치유농장의 철학이 되었다. 내가 꿈꾼 농장은 단순히 이윤을 추구하는 사업이 아니라, 사람들 사이의 신뢰와 존중을 키우는 공간이어야 했다.

그리고 어떤 어려움 속에서도 인간의 존엄을 끝까지 지켜 주는 품격 있는 장소여야 했다. 그 모든 첫 설계도는 나를 길러 준 이 따뜻한 땅, 가족의 사랑에서 시작되었다. 내 농장은 그 사랑에 대한 가장 구체적이고 아름다운 응답이다.

그 사랑의 기억을 품은 채, 나는 다시 길을 나섰다. 도시로 향하는 버스 안에서 내 마음은 설렘과 두려움으로 가득했다. 낯선 세상에서 무엇을 배우게 될지 알 수 없었지만, 흙의 기억이 내 안에 남아 있다는 사실만은 분명했다. 그 기억이 앞으로 나를 지탱해 줄 유일한 뿌리였다.

제2장
도시의 숲속에서, 홀로 서는 법을 배우다

　서울 마장동행 시외버스에 몸을 실었던 소년 시절의 기억은, 버스의 흔들거림과 함께 심장을 짓누르던 무거운 책임감으로 남아 있다. 그것은 나 혼자만의 길이 아니라, 가족의 기대를 모두 짊어지고 떠나는 여정이었기 때문이다.

　하지만 낯선 도시의 생존법은 그보다 더 혹독하고 치열한 분투를 요구했다. 스무 살을 넘긴 청년 시절, 나는 '고졸'이라는 보이지 않는 낙인과 싸우며 스스로를 증명하기 위해 하루하루를 버텨 내야 했다. 먼지 자욱한 일터의 낮과 스탠드 불빛 아래의 밤이 뒤섞였던 주경야독(晝耕夜讀)의 시간들. 대학과 대학원 과정을 차례로 밟아 나가면서도, 내 마음 한구석에는 언제나 '뒤처지거나 밀려나서는 안 된다.'는 거대한 불안이 파도처럼 밀려왔다.

　시골의 소년이 낯선 도시에서 한 사람의 어른으로 뿌리내리기까지, 나의 청춘은 차가운 현실의 벽 앞에서 수없이 넘어지고 깨지면서도, 결국 성실한 노력만이 나를 일으켜 세우는 유일한 구원임을 배워 가는 고독한 과정이었다.

도시의 문을 두드리다

가족의 희망을 싣고 떠난 서울행 버스

어린 시절의 끝자락에서, 서울 마장동으로 향하던 시외버스의 흔들림은 내 마음속 깊은 무게감으로 남아 있다. 그것은 단지 한 소년의 홀로 떠나는 여정이 아니라, 넉넉지 않은 형편에도 아들의 앞날을 위해 모든 것을 건 가족의 기대를 어깨에 짊어진 삶의 출발이었기 때문이다.

가족들은 나의 학업을 위해 자신들이 누려야 할 많은 것들을 기꺼이 포기했다. 고향에서 묵묵히 땀 흘려 번 돈은 고스란히 나의 학비가 되었고, 나는 그 헌신 위에 쌓인 길을 걸었다. 그들의 희생이 없었다면 감히 꿈꿀 수조차 없는 서울행이었다.

가족들이 보여 준 그 맹목적인 사랑과 지지는 나에게 '반드시 성공해야 한다.'는 단단한 족쇄이자, 동시에 낯선 도시에서 나를 지탱하는 유일한 동아줄이었다. 그날 이후 나는 마음속으로 수없이 다짐했다.

"이 길은 내 길이 아니라, 가족 모두의 땀이 닦아 준 길이다."

서울 전학 과정은 쉽지 않았다. 1학년 때부터 전학 절차를 밟았지만, 서울의 학교는 좀처럼 문을 열어 주지 않았다. 결원이 생겨야 들어갈 수 있는 구조 속에서 기다림은 끝이 없었다.

그러던 어느 날, 교무주임 선생님이 나를 불렀다. 두려움과 설렘이 뒤섞인 마음으로 교무실 문을 열었을 때, 차가운 질문 하나가 내 가슴을 찔렀다. "너희 집 부자냐? 서울 가려면 아버지 논 다 팔아야 한다. 괜찮겠냐?" 순간 머리가 하얘졌다.

우리 집은 결코 부자가 아니었다. 내 전학은 아버지의 논이 아니라, 온 가족이 허리띠를 졸라매고 만들어 준 기회였다. 모든 것을 설명하고 싶었지만, 어린 나이에 그 복잡하고 죄송스러운 마음을 어떻게 말로 다 표현할 수 있었겠는가. 나는 그저 고개를 숙이고 속으로 되뇌었다.

"아버지의 논을 팔지 않아도, 가족들의 기대를 저버리지 않고 반드시 해내겠습니다."

그 기다림은 무려 두 해를 넘겼다. 1974년 봄, 마침내 서울 한양중학교로 전학이 허가되었다. 시골 버스의 딱딱한 좌석에 앉아 창밖으로 고향의 논과 산이 빠르게 스쳐 갔다. 멀어질수록 가슴이 조여 왔고, 두려움과 설렘이 뒤섞였다.

서울에 첫발을 디딘 날, 내 코를 찔렀던 것은 매캐한 매연 냄새였다. 눈앞에는 하늘 끝까지 솟은 빌딩들, 귀에는 낯선 소음이 쉴 새 없이 쏟아졌다. 나는 그 속에서 완전히 이방인이었다.

내 인생에서 많은 것은 잊었지만, 지금도 결코 잊지 못하는 숫자가 있다. 바로 청평중학교에서 한양중학교로 전학 온 일자와 연합고사 수험번호. 그것은 단순한 숫자가 아니라, 가족들의 희생과 나의 책임이 새겨진 첫 번째 생의 이정표였다.

서울에서의 학교생활

서울에서의 학교생활은 새로움에 대한 희미한 설렘과 그보다 훨씬 깊은 외로움의 감정으로 시작되었다. 시골 말투를 쓰는 '촌놈'에게 먼저 다가와 말을 건네는 친구는 아무도 없었다. 왕십리 자취방에서 동대문운동장 앞 학교까지 매일 가방 하나를 메고 혼자 걸었다. 사람으로 가득한 거리였지만 그 속의 나는 섬처럼 고립된 존재였다. 수많은 사람들이 스쳐 지나가도 눈을 마주치는 이는 한 사람도 없었다. 도시는 인파로 넘쳐났지만, 나는 오히려 숨 막히는 고독 속에 갇혀 있었다.

첫 실패와 각성–'38등'의 자극

첫 시험 결과는 참담했다. 성적표에 적힌 '38등'이라는 숫자는 차가운 낙인처럼 가슴에 새겨졌다. 어느 정도 예상은 했지만, 막상 눈앞에 닥친 현실은 충격이었다. 부끄러움과 분노가 한꺼번에 솟구쳤다. 그날 이후 나는 결심했다.

"누구에게 기대지 않고, 나 혼자 이겨 내겠다."

남들은 부모의 지원을 받아 과외나 학원에 다녔지만 나는 오직 나 자신과의 싸움으로 버텨야 했다. 밤늦게 자취방에 돌아와 낡은 책상 앞에 앉아 깜박거리는 형광등 아래에서 공식과 단어를 수십 번씩 써 내려갔다.

그 노력이 결실을 맺은 것은 2학기 기말고사였다. 시험 결과 발표 날, 선생님이 내 이름을 부르셨다. "10등." 완벽하진 않았지만, 처음으로 스스로 얻은 성취의 순간이었다.

담임 선생님의 한마디가 아직도 귀에 남아 있다. "잘했어, 수고했다." 그 따뜻한 말 한마디는 오랫동안 내 마음속을 녹여 준 첫 격려의 불빛이었다.

짐을 덜기 위한 선택—상업고등학교로 가다
중학교 3학년 말 담임 선생님은 당연하다는 듯 말했다.
"너는 인문계로 가야지."
하지만 나는 주저하지 않고 대답했다.
"저는 상고(상업고등학교)로 갈 겁니다."

그것은 공부가 싫어서가 아니었다. 빨리 졸업해 은행에 취직하는 것이 누이들의 지친 어깨를 덜어 주는 길이라 믿었다. 지금 생각하면 세상을 너무 좁게 보았던 선택이지만, 그때의 나는 오직 한 가지 생각뿐이었다.

덕수상고에 입학하자마자 결핵성 늑막염 진단을 받았다. 한창 희망이 움트던 시절, 병은 내 몸뿐 아니라 마음의 빛마저 갉아먹었다. 그렇게 고등학교 1년은 긴 병상에서 흘러갔다.

연이은 좌절, 그리고 친구들의 위로

겨울의 끝자락, 인생의 첫 큰 시험이 다가왔다. 한국은행 입행 면접 날, 긴장한 나머지 수험표를 두고 나오는 실수를 했다. 면접관이 가족 관계와 집안 형편에 대해 물었다.

나는 그 질문 앞에서 순간 말문이 막혔다. "가족들이 저를 위해 모든 것을 희생하며 뒷바라지하고 있습니다."라는 말을 끝내 당당하게 꺼내지 못했다. 가난한 배경을 들키는 것이 두려워, 가족들의 숭고한 헌신을 감추고 싶어 했던 그 순간의 비겁함은 오랫동안 나를 괴롭혔다. 결과는 불합격이었다.

이후 응시한 산업은행 시험도 마찬가지였다. 덕수상고 전교 석차 5위였던 내가 연이어 탈락했다는 소식은 개인적 실패를 넘어 학교 안의 '사건'처럼 회자됐다. 공식적 이유는 건강이었지만, 솔직히 말해 실력이 부족했다.

합격자 명단에 내 이름이 없던 날, 교실 창가에 앉아 명단을 멍하니 바라보았다. 세상이 내 앞에 단단한 문을 닫아 버린 듯한 절망감. 그때 내 어깨를 두드려 준 것은 다름 아닌 친구들의 손이었다.

그 짧은 위로의 말이 모든 것이 무너진 마음속에 다시 일어설 수 있는 작은 씨앗이 되어 주었다.

상처의 순간–무대 아래 굳어 버린 부모님의 얼굴

설상가상으로, 졸업식 날 나는 잊을 수 없는 상처를 겪어야 했다. 전날 담임 선생님께 "전교 5등으로 우수 졸업상을 받게 될 것"이라는 소식을 들었기에, 시골에서 한 걸음에 올라오신 부모님도 식장에 함께하셨다. 부모님은 행사장 객석에 앉아, 곧 무대 위에서 호명될 아들의 자랑스러운 모습을 기대하며 얼굴 가득 환한 미소를 띠고 계셨다.

그러나 시상식이 끝날 때까지 내 이름은 불리지 않았다. 식이 끝난 뒤에야 알게 되었다. 일부 교사들이 "취업이 되지 않은 학생에게 상을 주는 것은 학교의 명예에 좋지 않다."는 의견을 냈다는 것이다. 상장을 받지 못한 일보다 더 아팠던 것은, 무대 아래에서 부모님의 표정을 바라보는 순간이었다. 기대와 자부심으로 빛나던 얼굴이 순식간에 굳어 가며 당혹과 실망으로 변해 가는 모습….

그 장면은 내 마음속에 가시처럼 박혔다. 졸업식장을 나서며 올려다본 겨울 하늘은 잔인할 만큼 맑고 푸르렀다. 그 눈부신 색이 오히려 내 마음의 회색빛을 더욱 짙게 만들었다.

성찰의 시간–따뜻한 격려의 가능성을 떠올리며

세월이 흘러 수십 년이 지난 지금도 그날의 기억은 여전히 쓴맛으로 남아 있다. 이제는 어른이 되어 당시 학교의 사정을 이해하지 못하는 것도 아니다. 졸업생의 취업률이 중요한 시대였고, 교사들에게도 어쩔 수 없는 기준이 있었을 것이다. 그러나 그럼에도 불구하고, 나는 여전히 이렇게 생각한다.

'그때 학교가 현실의 냉정한 기준 대신, 좌절한 학생에게 따뜻한 격려의 상 하나를 주었다면 어땠을까?'

그랬다면, 그 소년의 회색빛 마음은 조금 덜 무너졌을 것이다. 푸른 하늘을 원망하기보다, 세상을 다시 믿을 용기를 얻었을지도 모른다. 그 생각은 지금도 내 마음에 남아 있다. 한 사람의 따뜻한 말, 한 번의 포용이 누군가의 인생을 다시 일으켜 세울 수 있다.

치열한 경쟁과 주경야독

고등학교를 졸업한 뒤 맞닥뜨린 일련의 실패들은 나를 무너뜨리지 않았다. 오히려 전혀 다른 길로 밀어 넣는 힘이 되었다.

"여기서 끝낼 수는 없다. 어디서든 다시 시작할 수 있다."

나는 마음을 다잡고 국제화재해상보험에 입사했다. 비록 꿈꾸던 '멋진 은행원'의 길은 아니었지만, 그곳에서 처음으로 깨달았다. 인생은 미리 설계된 노선이 아니라, 스스로 만들어 가는 길이라는 것을.

돌이켜 보면, 그때 은행에 떨어진 일이 오히려 축복이었다. 만약 그때 그 자리에 안주했다면, 나는 더 이상의 노력을 하지 않았을지도 모른다. 예기치 못한 실패는 끊임없이 나를 다그쳤고, 그 실패들이야말로 더 넓은 세상으로 나아가게 한 원동력이었다.

주경야독의 시간–이름으로 당당히 서기 위한 싸움

그러나 '고졸'이라는 꼬리표와 대졸 동료들 사이에서 느끼는 보이지 않는 열등감은, 늘 나를 가로막는 단단한 벽처럼 느껴졌다. 그 벽을 넘어서기 위해 나는 다시 책을 들었다. 낮에는 잿빛 사무실에서 서류와 씨름했고, 퇴근 후에는 지친 몸을 이끌고 남대문에서 전농동의 서울시립대까지, 매일 밤 야간 강의실로 향했다.

그 시절의 나는 '하루하루를 버텼다.'는 말이 딱 맞았다. 쏟아지는 졸음 속에서도, "내 이름과 실력으로 당당히 살고 싶다."는 단 한 가지 열망으로 새벽까지 책상 앞에 앉아 있었다. 특히 군 문제로 인한 1년간의 휴학은 내 인생을 다시 설계할 수 있는 결정적인 시간이었다. 친구들의 앞서가는 모습을 보며 불안과 초조함에 시달렸지만, 그 외로움을 버티며 나는 스스로에게 물었다.

"나는 어떤 사람으로 살고 싶은가?"
"내 인생에서 가장 중요한 가치는 무엇인가?"

3주간의 군사훈련은 내게 처음으로 책에서만 배웠던 '사회'라는 거대한 개념을 직접 체험하게 했다. 엄격한 규율 아래에서 조직, 질서, 책임, 협력의 의미를 몸으로 배웠고, 그때부터 "이 거대한 사회의 일원으로서 나는 어떤 태도로 살아야 하는가?"라는 질문이 내 삶의 그림자처럼 따라다니기 시작했다.

병역의무를 마치고 복학한 뒤, 나는 다시 멈춰 있던 주경야독의 길로 돌아갔다. 그리고 마침내 졸업장을 손에 쥘 수 있었다. 졸업식 날, 지금의 아내와 함께 식사를 마치고 귀가하는 버스 안에서 문득 창밖의 도시 불빛을 바라보다 이유 없이 눈물이 쏟아졌다. 그동안의 슬픔, 외로움, 그리고 무언가를 이뤄 냈다는 안도감이 한꺼번에 밀려왔다.

"그날, 나는 어둠 속에서 오랫동안 조용히 울었다."

그해 가을, 나는 아내와 결혼했고, 안정된 사회생활의 토대를 쌓았다. 하지만 내 안의 배움에 대한 갈증은 멈추지 않았다. 그 열망은 어디서 비롯된 것일까. 4년 후, 나는 다시 성균관대학교 경영대학원에 입학해 석사과정을 밟기 시작했다. 낮에는 직장인, 밤에는 학생. 또다시 주경야독의 치열한 시간이 시작되었다.

상처 위에 피어난 치유의 씨앗―도시의 시간이 남긴 유산
이제 돌아보면, 그 치열했던 도시의 시간들이야말로 내 치유농장으로 이어진 가장 깊은 뿌리였다. 세상의 기준으로 평가받고 보이지 않는 낙인에 시달렸던 경험은, 역설적으로 '경쟁'보다 '협력'의 가치를, '성과'보다 '존재'의 의미를 깨닫게 했다.

그 외롭고 고단했던 시간의 상처 위에서, 나는 "누구나 자신의 상처와 배경을 안고도 있는 그대로 받아들여지는 공간"을 간절히 꿈꾸었다.

　도시는 내게 냉혹하고 척박한 땅이었지만, 나는 그곳에서 절망 대신 뿌리내리는 법을 배웠다. 그랬기에 나의 농장은, 상처받고 지친 이들이 각자의 속도로 새싹을 틔울 수 있도록 묵묵히 기다려 주는 곳이어야 했다.

제2부

길 위에서

길을 찾다

제3장
나의 길을 찾아서, 컨설턴트가 되다

주경야독으로 버티며 조직의 일원으로 치열하게 생존하던 어느 날, 내 인생에 예상치 못한 바람 한 줄기가 불어왔다. 그 바람은 나를 더 큰 성공으로 이끌 것이라 믿었다. 미국 연수는 더 넓은 세상으로 열린 창이었고, IMF 위기는 '위기 속에서 기회를 찾는 시험대'였다. 그리고 내 이름으로 회사를 세운 일은 오랫동안 품어 왔던 꿈의 실현이었다. 그때 나는 스스로 인생의 정점으로 향하고 있다고 생각했다. 하지만 지금 돌아보면, 그 모든 여정은 꼭대기를 향한 직선의 길이 아니었다. 오히려 그것은 내가 떠나왔던 땅으로 돌아가기 위한 가장 길고 필연적인 우회로였다.

이 장은 도시의 컨설턴트로서 성공과 실패의 파도를 건너며 하나씩 도구와 철학, 경험을 쌓아 결국 '치유농부'로 변해 가는 과정을 기록한 이야기다. 나는 비즈니스의 세계를 떠돌며 길을 찾고 있다고 믿었지만, 사실 그 길은 흙으로 돌아가는 지도를 그리고 있었던 시간이었다.

운명을 바꾼 미국 연수

아이오와에서 만난 새로운 세상–연대의 가치와 인생의 전환점

보험연수원에서 실시한 영어연수 과정에서 1등을 차지한 뒤, 로타리인터내셔널이 주관하는 GSE(Group Study Exchange) 프로그램에 선발되었다. '해외연수'라는 말이 처음엔 그저 낯설고 설렘으로 다가왔지만, 미국 아이오와주에서 한 달 동안의 체험은 내 인생의 방향을 송두리째 바꿔 놓은 거대한 전환점이었다.

나를 움직인 것은 기술이나 시스템이 아니었다. 그곳 사람들의 '삶의 태도'였다. 한 달 동안 여덟 가족의 집을 오가며 그들의 식탁에 함께 앉아 이야기를 나누었다.

첫 번째 호스트인 패트 리드 부부는 한국에서 입양한 아이를 키우고 있었다. "왜 입양을 결심하셨나요?"라는 내 질문에 그들은 담담하게 말했다. "우리 아니면 그 아이는 좋은 환경에서 자라지 못했을

 그 단순하고
조용한 대답이 내 마음을 깊이 울렸다.

또 다른 로타리언 마이크는 토요일 새벽 나를 깨워 마을 주민들
이 자발적으로 모여 지역 발전을 논의하는 회의에 데려갔다. 그 장
면은 내게 신선한 충격이었다. 회의를 마치고 돌아오는 길, 나는 물
었다.

"주말까지 그렇게 일하면 언제 쉬나요?" 그는 웃으며 대답했다.
"쉰다면 예순 이후에 쉬죠. 지금은 내가 해야 할 일을 하는 거예
요."

그들의 삶은 명함이나 직함으로 설명되지 않았다. 삶 자체가 품격
이었고, 지역과 사람을 아끼는 태도 속에 내가 추구하던 '성공'의 기
준이 완전히 흔들렸다. 경쟁에서 이겨야 살아남는다고 믿었던 내게,
그들은 몸으로 보여 주었다. '함께 잘 사는 삶'이야말로 진짜 성공이
라는 것을. 그 깨달음 앞에서 나는 작아졌고, 비행기로 돌아오던 그
날, 조용히 결심했다.

"언젠가 고향에서, 이 따뜻한 연대의 가치를 나만의 방식으로 실천
하리라."

태평양 위에서 다짐한 그 결심은 감상으로 사라지지 않았다. 그것

은 내 삶의 새로운 나침반이 되었고, 언젠가 갚아야 할 감사의 빚으로 남았다.

관계의 지속과 귀환―받은 사랑을 되돌려 주는 길

그 빚을 조금이라도 갚고 싶어 나는 한국 로타리클럽에 가입했다. 그리고 운명처럼, 나의 인생을 바꾼 바로 그 GSE 프로그램의 지구 위원장을 맡게 되었다. 젊은 참가자들을 선발해 미국으로 보내고, 미국팀을 한국에 맞이하던 순간들. 그들의 호기심 어린 눈빛 속에서 수십 년 전 아이오와의 낯선 풍경 앞에서 길을 잃었던 젊은 날의 나 자신을 보았다.

이제는 내가 그들에게 그때 받았던 따뜻한 경험을 돌려줄 수 있다는 사실에 벅찬 감동이 밀려왔다. 그것은 내가 세상에 받은 사랑을 가장 구체적이고 진실하게 되갚는 방식이었다.

그 인연은 일회성이 아니었다. 특히 첫 번째 호스트였던 패트 리드 부부와는 10년 넘게 편지와 안부를 주고받으며 가족 같은 관계를 이어 갔다.

2005년, 오랜 직장 생활을 마치고 인생의 또 다른 갈림길에서 막막해하던 나는 용기를 내어 그에게 나의 상황을 솔직하게 털어놓았다. 그는 조금의 망설임도 없이, 기꺼이 나를 다시 초청해 주었다.

그렇게 다시 찾은 아이오와에서 그들은 나를 손님이 아닌 아들처럼 따뜻하게 맞아 주었다. 나는 그들 집에서 한 달을 머무르며 또 한 번의 깊은 회복의 시간을 보냈다. 젊은 시절의 내가 '배움'을 위해 그 집을 찾았다면, 중년의 나는 '돌아갈 집의 위로'를 얻기 위해 그곳을 찾은 셈이었다.

이제 돌이켜 보면, 그 한 달의 미국 연수는 단순한 단기 프로그램이 아니었다. 그것은 내 인생 전반을 이끈 긴 여정의 출발점이었다. 삶의 가치관을 성숙하게 만들었고, 평생의 인연을 선물했으며, 나눔과 연대의 사명을 내 안에 심어 준 시작점이었다.

IMF의 격랑과 변화의 요구

IMF의 파고 속에서 새로운 마케팅의 발견

미국 연수를 마치고 새로운 가치에 눈을 떴지만, 현실 속의 나는 여전히 거대한 조직의 일원이었다. 1998년, 오랜 기간 근무하던 본사를 떠나 낯선 지점으로 발령을 받았다. 그때 처음으로 현장의 공기를 직접 마주했다.

마침 한국 사회는 'IMF 외환위기'라는 거대한 파도에 휩쓸리고 있었다. 기업들은 하루가 다르게 무너졌고, '평생직장'이라는 믿음은 신기루처럼 사라졌다. 회사도, 나 자신도 "이대로는 안 된다."는 절박함 속에 새로운 길을 찾아야 했다.

그 절박함 속에서 내가 붙잡은 것은 책이었다. 미국 연수 중 인상 깊었던 보험사의 직접마케팅 시스템이 떠올랐다. 「One to One Future」, 「One to One Manager」 같은 책들은 더 이상 불특정 다수에게 상품을 밀어붙이는 시대가 아니라, 고객 한 사람 한 사람과의 관계를 쌓아야만 미래가 있다고 강조했다.

또한 다니엘 핑크의 「프리 에이전트의 시대가 오고 있다」는 "회사라는 울타리가 무너진 세상에서는 '나 자신'이 하나의 브랜드가 되어야 한다."는 충격적인 메시지를 던졌다.

밤마다 형광등 아래에서 책장을 넘기며 나는 생각했다.

'회사의 미래는, 그리고 나의 미래는 어디로 가야 하는가?'

그때 뜻밖의 기회가 찾아왔다. 지점에서 업무와 공부에 몰두하던 어느 날, 본사의 부사장으로부터 전화 한 통이 걸려왔다.

"조 팀장, 콜센터에 대해 어떻게 생각하나?"

순간, 머릿속에서 그동안의 공부와 생각이 하나의 그림으로 연결되었다. 하룻밤 사이 A3 한 장에 모든 비전과 구상을 정리했고, 며칠 뒤 사장과 부사장 앞에서 직접 채널 도입의 필요성과 실행 계획을 보고했다.

결과는 놀라웠다. 나는 즉시 본사의 '신마케팅팀장'으로 발령이 났고, 회사의 미래가 걸린 신규 사업을 맡게 되었다. 대주주의 아들이

합류하면서 프로젝트는 더욱 속도를 냈고, 유명 외국 컨설팅사와 함께 회사의 직접 마케팅 전략을 설계했다. 그 시절은 내 인생에서 가장 뜨겁고 역동적인 시간이었다.

도전과 좌절 그리고 끝내 피워 낸 한 송이의 씨앗

그러나 시대의 파도는 우리의 열정보다 거셌다. IMF의 여파는 결국 우리에게도 닥쳤고, 출범을 눈앞에 둔 신규 사업은 막대한 투자 부담을 이유로 중단되었다. 내가 그토록 품었던 꿈이 눈앞에서 무너져 내리는 것을 그저 바라볼 수밖에 없었다. 프로젝트 책임자였던 나는 결국 회사를 떠나야 했다.

그 후 나는 금융 고객관리 전문 컨설팅 회사로 자리를 옮겼다. 그곳에서 '두 번째 인생'이 시작되었다. 그러던 어느 날, 낯익은 번호로부터 한 통의 전화가 걸려왔다. 오래전 함께했던 본사의 동료였다.

"회사가 '그린화재해상보험'으로 새롭게 출범하게 되었습니다. 이 기회에 다시 한 번 힘을 합쳐 보자는 게 회사의 제안입니다."

뜻밖의 제안이었다. 망설임도 있었지만, 마음 한켠에는 IMF 속에서 미완으로 끝난 직접 채널에 대한 아쉬움이 불타고 있었다. 그것은 실패가 아니라 언젠가 반드시 꽃피워야 할 희망의 씨앗이었다.

결국 나는 돌아가기로 결심했다. 그리고 다시 돌아간 그곳에서 나는 마침내 회사의 새로운 콜센터 채널을 구축했다. IMF로 좌절했던 직접 채널의 비전이 몇 년의 시간을 건너 세상에 빛을 본 것이다.

그것은 단순한 업무의 완수가 아니었다. 시대의 파도 앞에서 좌절했던 한 사람이 자신의 비전이 틀리지 않았음을 증명한 순간이었다. 폐허가 된 IMF의 잔해 속에서 '그린화재해상보험'이라는 새로운 이름으로 부활한 회사, 그곳에서 나는 이제 한 명의 중견 간부가 아니라 회사의 운명을 짊어진 임원으로 돌아와 있었다.

그러나 그것은 영광의 자리가 아니라, 또 다른 생존의 전쟁터였다. 그 두 해는 성공의 환호보다는 새로운 정글 속에서 버텨야 했던 또 한 번의 싸움이었다.

재도전과 프리에이전트의 시작

열정과 한계-다시 시작된 배움의 길

그린화재해상보험에서 경영지원본부장으로 보낸 2년은 말 그대로 격랑의 시기였다. 복귀 후 나는 다시금 배움의 열정을 되살리며 성균관대학교 경영전문대학원 박사과정에 등록했다. 중책을 맡은 임원으로 일하면서 동시에 학업을 병행하는 일은 결코 쉽지 않았다.

어느 날 사장이 농담처럼 말했다. "기획 임원이 학교 갈 시간이 어딨나?" 그 말처럼, 업무와 학업을 함께하는 일은 쉽지 않았지만 배움에 대한 목마름은 멈추지 않았다.

그러나 개인의 도전보다 더 큰 어려움은 조직 내부에서 일어났다. 대주주가 바뀌는 과정에서 조직은 끊임없이 흔들렸고, 내가 할 수 있는 일은 생각보다 작았다. '임원'이라는 명함은 이름뿐이었고, 하루하루 커져 가는 무력감 속에서 나는 내 역량의 한계를 실감했다.

지쳐 가던 어느 날, 마음속으로 이렇게 중얼거렸다.

퇴임의 밤—해방과 공허의 교차점

임기 만료 며칠 전, 인사담당 임원이 나를 조용히 불렀다. 그 자리에서 해임 통보를 받는 순간, 가슴 한구석이 싸늘해졌다. 그러나 곧, 이상할 만큼 설명할 수 없는 해방감이 밀려왔다. 팽팽히 조여 있던 줄이 드디어 풀리는 느낌이었다.

회사 건물을 나서자마자 나는 아내에게 전화를 걸었다.
"나, 오늘 회사 그만뒀어."
잠시 침묵이 흐른 뒤, 아내는 담담하게 말했다.
"그래요, 잘했어요."
그 한마디에 그동안의 긴장이 눈 녹듯 사라졌다.

그러나 바로 집으로 돌아갈 수는 없었다. 해방감과 허무함이 뒤섞인 마음으로 나는 발길 닿는 대로 걸었다. 그리고 결국 조용한 술집에 들어가 홀로 술잔을 기울였다. 술잔에 비친 낯선 얼굴 위로 내가 걸어온 세월이 겹쳐 보였다. 고졸로 시작해, 직장인으로 버티고, 주경야독하며, 회사를 '가족'이라 믿고 모든 것을 바쳤던 세월. 그 회사를 오랫동안 짝사랑해 왔던 것이다.

하지만 이제야 깨달았다. 조직은 그저 조직일 뿐, 언제든 대체 가능한 부품에 지나지 않았다는 것을. 빈 잔을 내려놓으며 나는 마음속으로 다짐했다.

그날 밤, 나는 비로소 완전히 자유로운 사람이 되었다.

조직 밖에서의 자유–진정한 독립의 시작

비록 자유인이 되었지만, 그때 내 마음을 채운 것은 퇴직의 해방감이 아니었다. 그보다 훨씬 더 깊은 불안과 막막함이었다. 그로부터 5년이 흘렀을 때, 나는 어느덧 40대 중반의 가장이 되어 있었다.

'이제 다시 사회로 나갈 수 있을까?'
'나의 길은 어디로 향해야 하나?'

그 질문들이 내 마음속을 끝없이 맴돌았다. 하지만 동시에 그 물음이 새로운 시작의 불씨가 되었다. 누구의 조직에도 속하지 않은 채, 나 스스로의 이름으로 서야 한다는 결심. 그때부터 나는 진정한 프리에이전트의 삶, 즉 내 인생을 내 방식으로 설계하는 길에 들어섰다.

그때, 깊은 고민 속에 빠져 있던 내 마음에 문득 아이오와의 고요한 풍경과 나를 따뜻하게 맞아 주던 로타리언 가족들의 미소가 떠올랐다. 그곳은 내 인생의 가치관을 바꾸어 놓은 전환점이자, 언제나 돌아가고 싶은 마음의 고향이었다.

부끄러움을 무릅쓰고 나는 주호스트에게 연락을 했다. 현재의 상황을 설명하고, 다시 방문하고 싶다는 뜻을 전했다. 잠시 후 돌아온 그의 답장은 기적 같았다.

"그때 함께했던 가족 모두가, 당신을 다시 맞이할 준비가 되어 있습니다."

그 말 한마디가 다시금 내 인생에 빛을 비추었다. 그리하여 나는 10년 만에 다시 아이오와의 집들로 돌아갔다. 그때와 같은 사람들의 집에서, 이제는 젊고 긴장된 손님이 아닌 오랜 친구이자 아들처럼 머물렀다.

그들의 변함없는 환대와 따뜻한 위로 속에서 나는 두려움을 내려놓고 다시 나아갈 용기를 얻었다. 물론 그 시절의 나는 한국에서 나를 기다리던 가족의 걱정을 미처 헤아리지 못했다. 이제야 그때의 미숙함이 부끄럽고, 기꺼이 나를 기다려 준 아내와 가족의 마음이 평생 잊을 수 없는 감사와 빚으로 남아 있다.

넥서스브레인컨설팅의 탄생–신뢰의 철학으로 세운 회사

그 무렵, 내 인생의 다음 길을 열어 줄 운명적인 만남이 찾아왔다.

컨설팅 회사에서 일하던 시절 알게 된 한 서치펌 대표가 마침 미국에 와 있었다. 그와의 짧은 만남에서 '미국과 한국을 잇는 글로벌 인재 서치펌'이라는 새로운 사업 구상을 들었다.

그 비전은 내 마음 깊숙이 울렸다. 그 한마디가 훗날 우리 회사의 이름이 된 '넥서스브레인컨설팅(NexusBrain Consulting)'의 씨앗이었다.

귀국 후 나는 서두르지 않았다. 박사과정 선배가 운영하던 콜센터에서 잠시 몸을 추스르며 그동안 미뤄 왔던 박사논문 심사를 마무리했다. 오랜 기다림 끝에 드디어 '박사'라는 이름이 내 앞에 붙었을 때, 나는 비로소 새로운 출발선 위에 설 준비가 되어 있었다.

마침내 나는 작은 간판 하나를 내걸었다.

"넥서스브레인컨설팅(NexusBrainConsulting)"

이 회사는 단순히 돈을 벌기 위한 사업체가 아니었다. 내가 걸어온 길, 배운 철학, 깨달음의 총합이었다. 회사의 핵심 경영철학은 내 박사 논문 〈보험계약자의 신뢰와 관계몰입에 관한 실증연구〉에서 비롯되었다. 논문을 통해 나는 한 가지 진리를 증명했다.

이 철학은 곧 넥서스브레인컨설팅의 운영원리가 되었다. 우리 회사는 단순히 사람을 연결하는 중개소가 아니라, 기업과 인재 사이에 깊은 신뢰를 세우는 다리가 되어야 했다.

"공신력(Credibility)"은 우리의 전문성으로,
"배려(Benevolence)"는 사람의 가능성을 함께 보는 태도로,
"정직(Honesty)"은 어떤 상황에서도 지켜야 할 약속으로 자리 잡았다.

그렇게 나는 오랜 세월의 시행착오 끝에 비로소 나의 이름과 철학으로 세상 앞에 섰다. 내 가슴은 "연결과 관계를 통해 새로운 가치를 창조한다."는 비전으로 가득 차 있었다. 그날 이후, 나의 길은 더 이상 조직 속의 이름이 아니라, '철학으로 일하는 자유인'의 길이 되었다.

현실의 벽 앞에서 실패가 만든 신뢰의 토대

나의 마음은 '연결과 관계를 통해 새로운 가치를 창조한다.'는 비전으로 가득 차 있었다. 그러나 설립의 설렘이 채 가시기도 전에, 현실의 벽은 높고도 두꺼웠다. 그 당시 서치펌 산업 자체가 아직 낯선 개념이었고, 중소기업들은 비용 부담 탓에 쉽게 문을 열지 않았다. 대기업들은 이미 글로벌 대형 서치펌들과 협력하고 있었기에, 막 창

업한 작은 회사에 기회를 주는 일은 거의 없었다.

사무실은 초라했다. 몇 평 남짓한 공간에 책상 몇 개, 전화기 한 대, 팩스 한 대뿐이었다. 하루에도 수십 통의 전화를 걸었지만, 돌아오는 답은 대부분 차가운 거절이었다. 그 작은 공간에서 밤을 새워 프로필을 정리하고, 기업 데이터를 분석하며, 언젠가 인정받을 날이 올 것이라는 막연한 희망 하나로 버텼다. 어떤 날은 하루 종일 뛰어다니다가 저녁이면 불 꺼진 사무실 창가에 홀로 앉아 창밖을 바라보며 스스로에게 물었다.

"나는 정말 이 길을 잘 선택한 걸까?"

깊은 회의감이 파도처럼 밀려왔다. 시행착오는 끊임없이 이어졌다. 어떤 프로젝트는 몇 달간의 노력이 마지막 단계에서 클라이언트의 방향 전환으로 물거품이 되기도 했고, 어렵게 연결한 인재가 회사와 맞지 않아 모든 과정을 처음부터 다시 시작해야 하는 경우도 있었다.

때로는 내가 굳게 믿었던 '신뢰'가 단순한 이익의 끈에 불과했음을 깨닫고 깊은 절망감에 빠지기도 했다. 그러나 나는 그 잿더미 속에서 배웠다. 신뢰란 하루아침에 쌓이는 것이 아니며, 작은 약속 하나라도 목숨처럼 지켜 내는 일이 결국 회사를 지탱하는 기반이 된다는 것을. 한 번의 성공 뒤에는 수십 번의 실패가 숨어 있었지만, 그 실패들이야말로 '넥서스브레인컨설팅'을 단단하게 만든 돌기둥이 되어 주었다.

무엇보다도, 초창기의 혹독한 시행착오는 내 철학을 더욱 단단하게 만들어 주었다. 사람을 단순히 숫자로 보지 않는 태도, 그들의 삶과 가능성을 함께 바라보는 시선. 기업의 역할은 단지 '인재'를 연결하는 것이 아니라, '미래를 함께 나눌 파트너'를 찾는 일이라는 확신. 그것이 바로 넥서스브레인컨설팅이 존재해야 하는 이유였다.

돌이켜 보면, 그때의 작은 사무실은 나의 두 번째 대학이자 실험실이었다. 실패와 좌절은 매일 펼쳐지는 교과서였고, 그 속에서 얻은 배움은 미래의 더 큰 도약을 위한 밑거름이 되었다. 넥서스브레인컨설팅의 초기 도전은 끝없는 시행착오의 연속이었다. 그러나 바로 그 시행착오 덕분에 논문 속에 잠자고 있던 '신뢰'라는 단어를 내 삶의 뜨거운 언어로 바꿀 수 있었다.

가치관경영
-새로운 나의 나침반

다시 배우고 길을 찾다―IGM에서의 새로운 나침반

2011년 늦가을, 나는 세계경영연구원(IGM)에서 주관한 제1기 지식경영컨설턴트 과정을 수료했다. 삼성, 제일모직, 대한항공, 효성 등 대기업에서 평생을 바친 임원들과 함께 'IGM 컨설팅 파트너'라는 새로운 명함을 손에 쥐던 날, 나는 이미 끝났다고 생각했던 커리어의 또 다른 전환점에 서 있었다.

우리는 '퇴직자'가 아니라 '다시 꿈꾸는 사람들'이었다. 1년간의 IGM 과정은 단순히 컨설팅 기술을 배우는 자리가 아니었다.

"이제는 우리보다 작은 기업들, 이 나라의 뿌리인 중소기업 CEO들을 돕고 싶다."라는 동료들의 진심 어린 말 속에서 나는 내 삶의 방향을 다시 묻는 치열한 성찰의 시간을 보냈다. 특히, 단순히 돈을 버는 것을 넘어 삶의 철학과 가치를 경영의 중심에 두는 '가치관경영'이라는 개념은 넥서스브레인컨설팅의 초기 사업 실패 이후 방향을 잃었던 나에게 새로운 나침반이 되어 주었다.

가치관경영을 농업으로 실천하다―'강소농'과의 운명적 만남

바로 그 무렵, 운명처럼 새로운 길이 열렸다. 정부가 '강소농 육성 사업'이라는 새로운 농업정책을 막 발표한 것이다. 당시 나는 여러 경영지도사 동기들과 함께 '농업경영컨설팅' 과정을 이수 중이었다. 솔직히 그때의 교육 내용은 시대의 절박함에 비해 현장의 깊이가 부족했다. 쉬는 시간, 한 동기가 답답한 표정으로 말했다.

"야, 우리라면 이거보다 훨씬 잘할 수 있지 않겠어? 직접해 보자!"
그 한마디가 메마른 들판에 떨어진 불씨가 되었다.
"좋아, 해 보자!"

이곳저곳에서 동기들의 열정적인 동의가 쏟아졌다. 우리는 곧바로 뭉쳤고, 그해 우리 스스로의 이름으로 '농업경영컨설팅 과정'을 개설했다. 현장의 언어와 실질적 해법으로 채운 우리의 교육은 놀랍게도 큰 성공을 거두었다. 그 성취는 우리에게 더 큰 용기를 주었다.

결국 우리는 뜻을 모아 '농업경영컨설팅협회'라는 사단법인을 설립했다. 그 당시만 해도 농업 분야에서 '경영'이라는 개념 자체가 낯설었던 시기였다. 농사는 신성한 노동이었지만, 체계적 관리의 대상은 아니었다.

바로 그 시점에서 우리가 세운 협회는 시대를 앞선 교두보가 되었다. 정부의 '강소농 육성사업'을 수행할 전문조직의 부재 속에서, 우리 협회는 가장 준비된 파트너로 주목받았고, 그 결과 여러 정부 과제를 따내는 결정적 디딤돌이 되었다.

이 모든 과정은 우리 회사 넥서스브레인컨설팅의 운명을 바꾸었다. 협회의 성공과 농업 분야의 폭발적인 수요를 지켜보며 나는 마침내 우리 회사가 가야 할 길을 발견했다. 나는 결심했다.

"이제 방향을 과감히 바꾸자. Pivot!"

IGM에서 배운 가치관경영의 철학적 씨앗이 '강소농'이라는 비옥한 토양을 만나 드디어 싹을 틔운 순간이었다. 그렇게 우리 회사는 도시의 비즈니스 세계를 떠나 흙과 사람 냄새가 나는 농업과 농촌의 현장에 깊은 뿌리를 내리기 시작했다. 이것은 단순한 사업 아이템의 변경이 아니었다. 내 삶의 가치와 회사의 사명이 비로소 하나로 합쳐지는 순간이었다.

흙으로 향하는 길−도시의 시간이 남긴 유산

겉으로 보기엔, 3장의 이야기는 도시 직장인과 컨설턴트로서의 치열한 시간을 기록한 것처럼 보인다. 하지만 돌이켜 보면, 그 모든 경험과 깨달음은 훗날 내가 치유농장을 세우는 가장 단단한 기초가 되었다.

당시 나는 단지 경력을 쌓는 과정이라 믿었지만, 실상은 내 인생의 마지막 과업을 위한 철학과 도구를 차곡차곡 모으는 여정이었다.

아이오와에서 배운 공동체의 가치, IMF의 격랑 속에서 깨달은 관계의 힘, 고통스러운 실패를 통해 터득한 신뢰의 철학, 그리고 강소농 컨설팅을 통해 비로소 찾은 '나의 들판'. 그 모든 도시의 시간은 결국 흙으로 돌아가기 위한 오랜 준비 과정이었다. 치열한 경쟁의 한복판에서 나는 아이러니하게도 사람과 땅을 살리는 일의 소중함을 배우고 있었던 것이다.

제4장
다시, 흙으로 돌아와 길을 묻다

도시의 비즈니스 세계를 통과하는 나의 길고 험난했던 여정은, 역설적이게도 나를 다시 흙의 세계로 이끌었다. IGM에서 배운 '가치관 경영'이라는 새로운 나침반과 '농업경영컨설팅협회'를 세우며 만난 동지들은, 내게 새로운 사명을 안겨 주었다. 그것은 내가 지난 수십 년간 도시의 현장에서 배우고 익혔던 경영의 언어와 신뢰의 철학을, 이 땅의 뿌리인 농업에 접목하는 일이었다.

나는 분명한 목적의식을 가지고 전국의 밭과 논으로 향했다.

"강소농(强小農)!"

작지만 강한 농업인, 그들의 곁에서 나는 내가 가진 지식과 경험을 나누는 훌륭한 조력자가 될 수 있으리라 믿었다. 나는 가르치기 위해, 해결책을 제시하기 위해, 그리고 변화를 이끌기 위해 그들의 삶 속으로 들어갔다. 하지만 땅은, 그리고 땅의 사람들은 내게 전혀 다른 가르침을 준비하고 있었다.

　나는 내가 전문가라고 생각했지만, 흙먼지 날리는 현장에서 보잘 것없는 이방인에 불과했다. 나는 내가 스승이라 믿었지만, 흙으로 다져진 손마디와 계절의 흐름을 꿰뚫는 농부들의 지혜 앞에서 나는 겸손한 학생이 되어야 했다.

　이 장은 내가 가르치기 위해 떠났다가, 오히려 더 많은 것을 배우고 돌아온 여정에 대한 기록이다. 전국의 강소농들이 땀과 눈물로 일군 흙 위에서, 나는 책이 알려 주지 못한 진짜 생명의 질서를, 그리고 교실에서는 결코 얻을 수 없었던 삶의 철학을 배웠다. 그러나 동시에, 그 눈부신 성공의 이면에서 우리가 미처 보지 못했던 거대한 벽과 마주하게 된 이야기이기도 하다. 그 벽은 결국, 나를 또다시 낯선 땅으로 이끄는 새로운 질문의 시작이 되었다.

강소농 현장에서 배운 지혜

치유농장을 구상하고 실천해 나가는 지금의 내 삶에, 책으로 배운 이론만큼이나 강한 영향을 준 것이 있다면 바로 현장에서 만난 농부들의 말 한마디 한마디였다. 그들의 말은 때론 투박했고, 농담처럼 들리기도 했지만, 그 안에는 흙을 살아 낸 시간만큼 깊이 있는 지혜가 담겨 있었다. 그 지혜의 조각들은 흩어져 있던 내 생각을 하나로 꿰어, 마침내 '치유농업'이라는 새로운 길로 나를 이끌었다.

무슨 선생님이야, 그냥 형이라고 해

농업 컨설턴트로서 나의 첫 깨달음은 충북 음성의 한 무궁화 농장에서 시작되었다. 오랜 공직 생활을 마치고 귀농한 연세 지긋한 농장 대표는 수백 평의 땅에 무궁화를 가꾸고 있었다. 나는 긴장된 마음으로 깍듯하게 인사를 올리며 "선생님!"이라 불렀다. 그분은 내 어깨를 툭 치며 호탕하게 웃었다.

순간 나는 당황했지만, 그 짧은 한마디에 담긴 따뜻함과 신뢰에 마음의 벽이 허물어지는 것을 느꼈다. 그는 수직적 위계가 아닌 수평적 관계를, 전문가와 고객이 아닌 사람 대 사람의 만남을 택한 것이다. 그날 이후 우리는 나이 차이를 뛰어넘어 '형'과 '동생'이 되었다.

'형'이라는 한마디는 정장과 명함으로 둘러싸인 나를 진짜 '나'로 만나자는 진심 어린 초대였다. 나는 기꺼이 정장을 벗고 노트북을 덮었다. 그의 이야기에 귀를 기울이고, 흙먼지를 뒤집어쓰며 그의 삶 속으로 걸어 들어갔다. 그들과 함께 땀 흘리고 막걸리 잔을 부딪치는 동안, 컨설팅은 일이 아닌 삶이 되었다. 진짜 컨설팅이란 가르치는 것이 아니라, 함께 묻고, 같이 짓고, 더불어 기뻐하는 과정임을 나는 흙 위에서 배웠다.

박사님은 제 생명의 은인입니다

'형'이라는 부름이 내 자세를 바꾸게 했다면, 천안의 한 포도 농장 대표가 건넨 이 말은 내 일의 무게와 의미를 송두리째 바꾸어 놓았다. 컴퓨터 자판조차 서툴렀던 그는 오랜 관행에만 의존해 농사를 짓다 한계에 부딪혀 있었다. 그러다 우연히 내 강의를 듣고 그중 몇 가지 아이디어를 적용해 큰 성과를 얻었다며 내 손을 붙잡았다.

그 말에 나는 한동안 말을 잃었다. 강의 중 스치듯 던진 한 문장이 누군가에게는 절망의 끝에서 만난 동아줄이 될 수도 있다는 사실, 그 깨달음에 온몸이 전율했다. 강의는 단순한 지식 전달이 아니라, 한 사람의 인생이 걸린 삶의 질문에 대한 실마리를 건네는 일이었다. 그 농부의 진심 어린 한마디는 지금도 내가 현장에 서는 이유이며, 치유농업을 통해 더 많은 이들에게 '전환의 순간'을 선물하고 싶은 가장 큰 동기가 되었다.

농사가 아니라 농업경영입니다

현장을 다니며 나는 농부들이 단순한 생산자가 아님을 깨달았다. 특히 앞서가는 강소농일수록 그들은 치열한 경영자이자 고독한 철학자였다. 남양주의 한 농장 대표가 단호하게 말했다.

"박사님, 이제 농사는 농업경영입니다. 농부는 농사꾼이 아니라 농장의 CEO예요."

그 말은 내 머리를 세게 울렸다. 오늘날 농업은 단순히 씨를 뿌리고 거두는 일로 끝나지 않는다. 생산, 가공, 유통, 브랜딩, 고객관리까지 아우르는 종합적인 경영의 시대가 온 것이다.

나는 강의 때마다 이 깨달음을 전한다.

"여러분은 이제 농부가 아니라, 농장의 CEO입니다."

한 사람이 자신의 밭을 경영의 시야로 보기 시작할 때, 비로소 진정한 변화가 시작된다.

아까징키 색깔이 새빨간데 무슨 흑자요

물론 모든 농가가 CEO 마인드를 가진 것은 아니었다. 가평의 한 농업인은 강의 중 이렇게 말했다.

"아까징키(머큐로크롬) 색깔이 새빨간데 무슨 흑자요. 적자가 줄줄 새는데 결산이 무슨 소용입니까?"

그 말에는 장부를 써도 현실은 달라지지 않는다는 체념이 스며 있었다. 하지만 나는 오히려 이렇게 말했다.

"그래서 더 써야 합니다. 적자일수록 흐름을 알아야 합니다."

그 복합영농을 하는 농장 대표는 이후 간단한 수입·지출 분석을 통해 처음으로 '흑자'를 경험했다. 그리고 이렇게 말했다.

"아까징키는 여전히 새빨갛지만, 이젠 제 농장 통장은 조금씩 검게 변해 가고 있습니다."

그 말은 내게 '새빨간 현실 속에서도 기록과 숫자를 통해 회복의 단서를 찾을 수 있다.'는 희망을 가르쳐 주었다.

마을이 발전하려면 미친놈 두 놈은 있어야 돼

전남 장성의 한 산촌 마을 어르신은 내게 공동체 변화를 꿰뚫는 한마디를 던졌다.

그 말은 공동체 변화의 본질을 정확히 짚고 있었다. 조직의 변화는 언제나 소수의 열정으로 시작된다. 그들이 '하나'가 아닌 '둘' 이상으로 연결될 때, 비로소 운동이 된다. 혼자만의 이상은 공허하지만, 둘이 되면 동지가 생기고, 셋이 모이면 기획이 시작되며, 다섯이 손을 맞잡는 순간 기적이 일어난다.

이 가르침은 훗날 내가 치유농장을 개인의 농장이 아닌 지역과 함께하는 공동체 케어팜으로 설계하게 된 가장 큰 계기가 되었다.

착한 세상, 신뢰의 흙

결국 모든 지혜는 하나의 질문으로 모였다.

나는 강소농들과 함께 설립한 농업회사법인 착한세상의 이름처럼 '착한세상'을 꿈꾼다. 그것은 단지 인증 마크가 붙은 유기농산물이 넘쳐나는 세상이 아니다. 가슴에 손을 얹고 정직하게 농사짓는 생산자의 양심과, 그 진심을 알아주고 기꺼이 제값을 지불하는 소비자의 존중이 서로 만나는 세상이다.

인증보다 중요한 것은 사람 사이의 믿음이다. 이 믿음이 살아 있는 관계야말로 농업이 단순한 산업을 넘어 사람과 사람을 잇는 생명의 문화가 되는 시작점이다. 나는 농부들의 목소리를 통해 깨달았다. 내가 일궈야 할 것은 단순한 농장이 아니라, 바로 이 신뢰의 흙이라는 것을.

눈부신 성취, 그러나 보이지 않는 벽

성취의 기쁨, 그리고 그림자의 시작

우리는 함께 땀 흘리며 놀라운 성과를 이루어 냈다. 컨설팅을 통해 만난 농가들의 얼굴에는 자부심이 피어났고, 텅 비어 있던 통장에는 숫자가 채워졌다. 그들은 더 이상 먼지 묻은 농부가 아니라, 자신의 농장을 왕국처럼 일구는 자랑스러운 경영자였다. 곳곳에서 농가 소득이 늘었다는 반가운 소식이 들려왔고, 나는 그들의 환한 미소 속에서 한국 농업의 희망을 보고 있다고 믿었다. 성취의 맛은 달콤했고, 보람은 벅찼다.

하지만 빛이 눈부실수록 그 뒤의 그림자도 짙어졌다. 세상은 너무 빠르게 변하고 있었다. 기후위기로 인해 예측할 수 없는 폭우와 가뭄이 이제는 일상이 되었고, 농부들의 얼굴에는 깊은 주름이 새겨졌다. 평생 쌓은 노하우가 하룻밤 사이에 무너지는 광경 앞에서 그들의 한숨은 깊어만 갔다.

시장 개방의 파도는 가격 경쟁을 부추겼고, 농촌의 고령화는 마을의 불빛을 하나둘 꺼뜨리고 있었다. 그제야 나는 보았다. 우리가 이룩한 '개인의 성공'이 얼마나 위태로운 기반 위에 서 있는지를. 그 성취는 몇몇 사람의 비범한 역량과 끝없는 희생 위에 세워진 탑이었다.

성공한 농부들의 어깨는 점점 더 무거워졌고, 어떤 이는 번아웃으로 쓰러지기도 했다. 무엇보다도 마음이 아팠던 것은 '더 잘 팔기 위한 경쟁'에 몰두할수록 어제의 이웃이 오늘의 경쟁자가 되어 가는 현실이었다. 한 영웅이 마을의 이름을 알릴 수는 있었지만, 모두가 함께 행복한 공동체를 만드는 일은 어려웠다.

그것이 바로 명백한 한계였다. 성공의 과실이 이웃과 지역으로 흘러드는 '선순환 구조'는 너무나 약했고, 성공이 깊어질수록 농가 사이의 보이지 않는 벽은 더욱 높아졌다. 내 고민은 내가 그렇게 신념처럼 믿어 왔던 '강소농 모델'의 한계로 이어졌다. 그 모델은 개인의 역량을 극대화하고 소득을 높이는 데에는 성공했지만, 서로를 품고 함께 위기를 버텨 낼 공동체의 회복탄력성을 키우기에는 분명히 부족했다. 나는 스스로에게 물었다.

"이것이 과연 지속 가능한 농업의 미래인가?"
"농업은 단지 돈을 벌기 위한 치열한 전장이 아니라, 사람과 사람을 잇고 지친 마음을 돌보는 '치유의 공간'이 될 수는 없는가?"

강소농 현장에서 느낀 성취와 보람은 컸지만, 그만큼 내 안에는 더 깊은 갈증이 생겼다. 나는 이제 '더 강한 개인'이 아니라 '더 따뜻하고 회복력 있는 공동체'를 농업 속에서 보고 싶었다.

유럽으로 향한 마음—새로운 길의 단서

그러나 그 답은 한국 안에서 쉽게 찾을 수 없었다. 어딘가 세상의 다른 곳에는 이윤이 아닌 사람을 중심에 두고, 경쟁이 아닌 협력으로 공동체를 세워 가는 사람들이 분명 있을 것만 같았다.

그래서 내 마음은 점점 유럽을 향했다. 그곳에서는 내가 품은 거대한 질문에 대한 작은 실마리라도 찾을 수 있을 것이라 믿었다. 그 여행은 단순한 벤치마킹이 아니었다. 성공 사례를 배우기 위한 견학이 아니라, 우리가 마주한 한계를 넘어 잃어버린 농촌의 가치를 되찾고, 내가 앞으로 만들어 가야 할 삶의 본질을 찾는 순례의 시작이었다.

유럽의 농장에서 길을 발견하다
―기술에서 치유, 치유에서 삶으로

2019년, 나는 강소농 컨설팅의 눈부신 성취 이면에 드리워진 한계 앞에서 답을 찾아 헤매고 있었다. 그 간절함은 나를 유럽행 비행기에 오르게 했다. 그것은 선진 사례를 배우러 가는 견학이 아니라, 내 삶의 다음 페이지를 열기 위한 고독한 순례의 시작이었다. 비행기가 구름을 뚫고 날아오를 때, 나는 아무것도 확신할 수 없었다. 다만, 내 삶과 내가 사랑하는 우리 농업이 지금과는 달라져야 한다는 절박함만이 분명했다.

네덜란드: 농업의 두 얼굴

유럽 도착 이틀째 새벽, 파리의 설렘이 채 가시기도 전에 차가운 새벽 공기를 뚫고 길을 나섰다. 호텔 앞 빵집에서 흘러나오는 고소한 빵 냄새가 아침을 깨웠다. 곧바로 네덜란드행 기차에 올랐다.

파리를 떠나 벨기에를 지나며 창밖으로 펼쳐진 풍경은 마치 한 폭

2019 유럽 서유견문

농업의 가치와 '치유 농업'의 영감을 얻었던 11일간의 여정

의 유화 같았다. 끝없이 이어지는 초원, 느릿하게 도는 풍차, 햇살에 반짝이는 유리온실들. 그 장면을 바라보는 순간, 문득 깨달았다.

"아, 내가 알고 있던 농업은 너무 좁았다."

그때까지만 해도 나는 농업을 '산업의 일부'로만 생각하고 있었다. 그러나 네덜란드의 '토마토 월드(Tomato World)'1)에 들어서는 순간, 그 낡은 인식은 산산이 부서졌다. 그곳은 단순한 재배시설이 아니었다. 글로벌 기업의 데이터센터에서 배출되는 이산화탄소를 작물 재배에 활용하고, 농장에서 발생한 에너지를 다시 데이터센터로 공급하는 완벽한 순환 시스템이었다.

거대한 실험실 앞에서 담당자가 차분히 말했다.

"우리는 지구를 생각하며 농사를 짓습니다."

그 한마디에 얼굴이 화끈거렸다. 우리가 지금까지 해 온 농업은 지구를 위한 농업이 아니라, 인간의 효율과 탐욕을 위한 농업이 아니었던가. 그 순간 마음속으로 다짐했다.

"이제 농업은 사람과 지구를 함께 살리는 길이어야 한다."

---

1) 토마토 월드: 네덜란드 웨스트란트(Westland)의 혼셀러스데이크(Honselersdijk) 지역에 있는 대표적인 스마트팜 및 원예 체험센터, https://www.tomatoworld.nl/en

TOMATOWORLD
Healthy
food academy

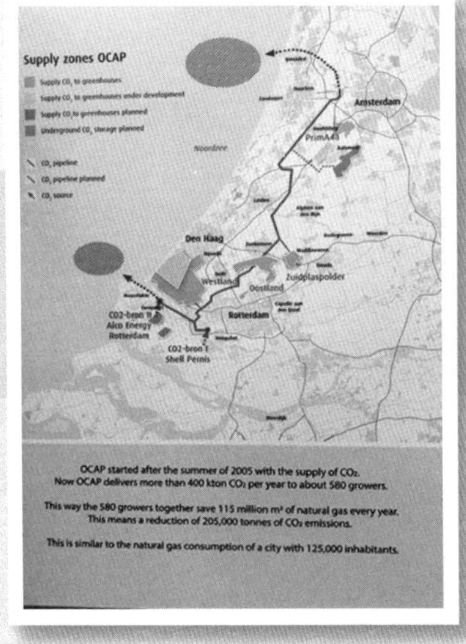

Supply zones OCAP
Supply CO2 to greenhouses
Supply CO2 to greenhouses under development
Supply CO2 to greenhouses planned
Underground CO2 storage planned
CO2 pipeline
CO2 pipeline planned
CO2 source
Amsterdam
PrimA4a
Noordzee
Den Haag
Westland
Oostland
Zuidplaspolder
Rotterdam
CO2-bron II
Alco Energy
Rotterdam
CO2-bron I
Shell Pernis
OCAP started after the summer of 2005 with the supply of CO2.
Now OCAP delivers more than 400 kton CO2 per year to about 580 growers.
This way the 580 growers together save 115 million m³ of natural gas every year.
This means a reduction of 205,000 tonnes of CO2 emissions.
This is similar to the natural gas consumption of a city with 125,000 inhabitants.

치유의 철학을 일깨운 '후버클라인 마리엔달'

최첨단 기술이 준 충격은 다음 날, 네덜란드의 '후버클라인 마리엔달(Hoeve Klein Mariendaal)'[2] 농장에서 또 한 번 전혀 다른 울림으로 다가왔다.

그곳은 겉보기엔 평범했다. 그러나 80~90세의 어르신들과 장애를 가진 이들이 함께 정원을 가꾸고, 그림을 그리고, 음식을 나누며 어울리고 있었다. 놀라웠던 것은 정해진 프로그램도, 관리하는 사람도 없었다는 점이었다. 누구도 '환자'나 '돌봄의 대상'으로 불리지 않았다. 그저 각자의 관계 속에서 제 역할을 하는 '존재 그 자체'로 존중받는 사람들이었다.

그 풍경 속에서 나는 진정한 '치유'의 의미를 깨달았다. 치유란 무언가를 '하는 것'이 아니라, 스스로 회복할 수 있는 '공간을 주는 것'이었다. 자연스러운 일상과 관계 속에서 스스로 회복의 힘을 되찾는 것. 그 철학은, 서비스의 '대상'을 중심으로 설계된 우리나라의 복지 시설과는 근본적으로 달랐다. 숙소로 돌아오는 길, 버스 창밖으로 펼쳐진 네덜란드의 드넓은 초원을 다시 바라보았다.

가을 햇살이 부드럽게 내려앉은 그 풍경을 보며 나는 확신했다.

---

2) 후버클라인 마리엔달: 네덜란드 아른헴(Arnhem) 지역의 치유농장으로 와게닝겐 대학의 치유농업 연구자인 얀 하싱크(Jan Hassink) 박사가 설립에 깊이 관여한 곳으로 유명함, www.hoevekleinmariendaal.nl

프랑크푸르트 외곽의 유기목장-'비오 호프 겐슬러'

독일 프랑크푸르트 외곽에 위치한 '비오 호프 겐슬러(Bio Hof Gensler)'3)
에 들어서는 순간, 자연스럽게 이런 말이 입 밖으로 흘러나왔다.

"아, 여기서 살고 싶다."

그곳은 단순히 소를 키우고 젖을 짜는 생산지가 아니었다. 직접 만
든 치즈와 소시지가 장작가마에서 구워지고, 가족 단위의 방문객들
이 잔디밭에서 피크닉을 즐기며, 아이들이 목장 주변을 자유롭게 뛰
놀았다.

그곳은 문자 그대로 '살아 있는 농장'이었다. 노동과 삶, 자연과 소
비가 분리되지 않고 하나로 연결되어 있었다. 무엇보다 인상 깊었던

---

3) 비오 호프 겐슬러: 독일의 풀다(Fulda) 인근의 포펜하우젠(Poppenhausen) 지역에
   위치해 있는 독일의 6차산업 농장, https://rhoenindianerhotel.com

RNLADEN
GESCHIRR
RÜCKGABE

BAUERNLADI

것은 인위적인 설명이나 프로그램이 전혀 없는 완벽한 치유의 공간
이었다. 누가 따로 안내하지 않아도, 그 공간 고유의 리듬과 온기가
그대로 전해졌다.

안덱스 수도원에서 배운 '일과 기도의 순환'

다음 날 찾은 '안덱스 수도원(Andex Monastery)'4)의 허브정원은 또 다
른 감동을 주었다. 수도승들이 정성껏 가꾼 허브정원은 고요한 돌담
안에 자리 잡고 있었고, 그 옆에는 수도자들과 아이들이 만든 천연
비누와 수공예품을 파는 작은 가게가 있었다. 그곳에서는 노동과 기
도, 자연과 인간, 쉼과 창조가 마치 한 줄기 물처럼 자연스럽게 이어

4) 안덱스 수도원: 독일 바이에른주 암머제(Ammersee) 호수 인근에 위치한 유서 깊은
   베네딕토회 수도원으로, 유서 깊은 양조장과 맥주, 그리고 아름다운 순례지(성스러운
   산, Heiliger Berg)로 매우 유명한 곳임, https://www.andechs.de/

지고 있었다. 그 평화로운 흐름을 바라보는 순간, 나는 문득 한국의
현실이 떠올랐다.

"왜 우리는 늘 치유농업을 '서비스'나 '사업'의 관점에서만 이야기
할까?"

독일의 농장과 수도원이 조용히 알려 준 답은 분명했다. 진정한 치
유는 거창한 슬로건이나 정교한 프로그램에 있지 않았다. 그저 사
람이 사람답게 살 수 있는 곳, 자연의 리듬에 맞춰 자기 속도로 걸을
수 있는 곳, 누구의 평가도 받지 않아도 되는 공간. 치유는 바로 그
곳에 있었다.

이탈리아: 유산과 자연의 균형에서 배운 '느림'이라는 가치
〈베네치아의 새벽—느림이 가르쳐 준 치유의 시작〉
밤기차를 타고 새벽녘 베네치아에 도착했을 때, 나는 역 앞에서 한
동안 발걸음을 멈추었다. 물 위에 떠 있는 도시, 고요히 미끄러지듯
지나가는 곤돌라, 그리고 천 년의 시간을 마주한 듯한 고색창연한
건물들. 낯설면서도 이상하게 익숙한 그 풍경 속에는 자연과 유산이
서로를 밀어내지 않고 한데 녹아든 세월의 흔적이 있었다.

도시는 더 이상 확장을 추구하지 않았고, 유산은 그대로의 자리에
서 숨 쉬고 있었다. 그 안에서 사람들은 서두르지 않는 일상을 살아가
고 있었다. 작은 광장마다 커피 한 잔을 앞에 두고 담소를 나누며 시

간을 보내는 사람들의 여유로운 모습. 그 풍경을 바라보며 깨달았다.

〈로마로 가는 길–'남기는 법'의 지혜〉

남부 살레르노를 지나 로마로 향하는 기차 안에서 창밖으로 스쳐 가는 경사면의 집들과 빽빽한 올리브밭이 조용히 말을 걸어왔다.

"'새로운 것을 짓는 법'보다 '무엇을 남길 것인가'가 더 중요하다."

로마에 도착했을 때, 나는 또 한 번 놀랐다. 그곳의 유산은 박제된 과거가 아니라, 현재의 삶이 흐르는 살아 있는 공간이었다. 트레비 분수 앞 인파 속에서, 콜로세움의 거대한 아치를 올려다보며 문득 생각에 잠겼다.

"왜 우리는 치유농업마저도 실적과 숫자의 언어로 증명하려 할까?"

이탈리아의 '느림'은 비효율이 아니었다. 오히려 오랜 시간에 걸쳐

쌓인 깊이의 힘, 그리고 삶을 대하는 단단한 태도였다. 그래서 그들의 농업은 단순한 생산이 아니라, '관계'와 '풍경'이 조화를 이루는 삶의 예술로 느껴졌다. 수천 년의 시간을 품은 이탈리아의 풍경이 내게 말을 건넸다.

"서두르지 말라. 가장 깊은 치유는 평가나 증명이 아닌, 함께 머무는 느린 시간 속에서 일어난다."

돌아오는 길, 씨앗을 품고

귀국하는 비행기 안, 나는 창밖의 어둠을 바라보며 조용히 생각에 잠겼다. 열흘 남짓의 짧은 여정이었지만, 그 안에는 모든 것이 응축되어 있었다. 그 길 위에서 나는 더 이상 단순한 여행자나 견학자가 아니었다. 한 알의 단단한 씨앗을 품은 사람으로 돌아오고 있었다. 유럽의 농업은 내게 이렇게 속삭였다.

"다르게 살아도 괜찮다."

빨리 자라지 않는 작물을 기다리는 시간, 노동이 아니라 산책처럼 느껴지는 하루, 말 한마디 없이도 존재 자체로 위로가 되는 공간의 힘. 그 모든 것이 내 안의 조급한 발걸음을 멈추게 했고, 내가 돌아가야 할 삶의 방향을 분명히 보여 주었다.

이제 나는 농업을 이윤의 틀 안에 가두거나, 치유를 정책의 언어로

Chelyabinsk
Rostov-na-Donu
Amman
Kiev
Istanbul
Cairo
Minsk
Riga
Athens
Kraków
Belgrade
Berlin
Local Time at Origin
11:14am
Local Time at Destination
1:14pm
Estimated Time of Arrival
7:02pm

정의하려는 사람이 되고 싶지 않았다. 그 대신, 흙을 함께 만지고, 막 지은 밥을 나누며, 서로의 존재만으로 위로가 되는 공간을 만드는 실천가로 살고 싶었다.

물론, 내가 돌아온 한국 농촌의 현실은 녹록지 않았다. 인구는 줄고, 마을은 늙어 가며, 돌보는 손길조차 사라지고 있었다. 그러나 나는 믿었다.

"희망은 언제나 가장 낮은 곳에서 싹튼다."

그 희망은 이름 없는 밭에서 시작해, 따뜻한 마을 부엌에서 피어나고, 작은 벤치 위 허브 향기 속에서 다시 살아날 수 있다.

그래서 나는 내 고향의 땅에 첫 번째 씨앗을 심기로 했다. 치유농업은 유럽의 철학을 그대로 옮기는 것이 아니라, 이 땅의 시간과 사람, 문화와 감성에 맞게 번역되는 일이다. 이제 나는, '한국형 퍼머컬처 커뮤니티 케어팜(PCC)'의 첫걸음을 내딛으려 한다.

스승을 떠나 새로운 스승을 만나다

돌아보면, 4장의 여정은 한 스승을 떠나 또 다른 스승을 만나는 과정이었다. 나의 첫 번째 스승은 '강소농' 농민들이었다. 그들에게 경영을 가르치려 했던 나는, 오히려 땅에 배어 있는 그들의 지혜 앞에서 겸허한 제자가 되었다. 그들과 웃고 땀 흘리며 지내는 동안, 나는 '함께 잘 사는 농업'의 가능성을 보았다. 하지만 강한 농부를 만드는 데에는 성공했어도, 따뜻한 공동체를 만드는 데에는 실패하고 있었다.

그 성공의 정점에서 나는 길을 잃었고, 그 깊은 갈증이 나를 두 번째 스승, 즉 유럽의 '치유농장'으로 이끌었다. 그곳에서 나는 전혀 다른 농업의 풍경을 만났다. 경쟁이 아닌 협력, 이익이 아닌 사람을 중심에 둔 농업. 한국의 농민들이 '무엇을' 해야 하는가를 가르쳐 줬다면, 유럽의 농장은 '왜' 해야 하는가, 그리고 농업의 궁극적인 목적은 사람과 공동체의 회복이라는 사실을 일깨워 주었다. 그 긴 순례의 끝에서 나는 마침내 길을 찾았다. 이제 나는 더 이상 '강소농을 만드는 컨설턴트'가 아니다.

"이제 나는 '치유농장'을 만드는 실천가가 되어야 한다."

제5장
치유농업 전문가로 가는 길

2019년, 유럽의 치유농장을 견학하고 돌아오는 비행기 안에서 내 마음은 새로운 열정으로 가득 차 있었다. 그곳에서 나는 단순한 농업 기술이 아닌, 사람과 자연이 서로를 지탱하며 살아가는 삶의 방식을 보았다. 그들은 거창한 구호가 아닌, 일상의 습관을 통해 '땅을 돌보는 일이 곧 사람을 돌보는 일'임을 실천하고 있었다. 그 풍경은 내게 한 줄기 빛처럼 다가왔다.

그러나 귀국하자마자 그 빛은 곧 현실의 벽에 부딪혔다. 내 머릿속에는 '사람을 살리는 농장'이라는 거대한 그림이 분명했지만, 그 그림을 현실로 펼쳐 낼 언어도, 도구도 없었다. 가슴은 뜨거웠지만, 손은 비어 있었다. 열정은 있었으나 구조가 없었다. 그때 깨달았다.

"감정만으로는 사람을 설득할 수 없고, 열정만으로는 세상을 바꿀 수 없다."

유럽에서 보고 느낀 감정을 다른 이들에게 전할 수 있는 지식의 언어로 바꾸기 위해, 그 모든 감정을 담아낼 단단한 그릇이 필요했다. 그리고 그 그릇의 이름이 바로 '전문성'이었다.

10년 동안 컨설턴트로 일하며 강단에 서 왔던 내가, 이제는 배움의 자리로 돌아가야 했다. 책상 앞에 앉아 교재를 펼치고, 젊은 학생들과 함께 과제를 수행하며, 내 안의 경험을 잠시 내려놓고 '초심의 자세'로 돌아가야 했다. 60이 훌쩍 넘은 나이에 학생으로 돌아간다는 것은 결코 쉬운 선택이 아니었다.

그러나 그것은 내 인생의 새로운 출발점이었다. 나는 학습을 통해 열정을 식히려 한 것이 아니라, 그 열정을 더 깊고 오래 타오르는 불꽃으로 바꾸기 위해 나아갔다.

이 장은 바로 그 시기의 기록이다. 뜨거운 가슴에 차가운 이성을 더하고, 감정의 언어를 지식의 구조로 다듬으며, 치유농업을 영감이 아닌 '삶의 시스템'으로 배워 가던 시간. 그 길 위에서 나는 감성과 이성, 실천과 철학이 얽혀 있는 진정한 전문가의 길에 들어섰다.

"열정은 불꽃처럼 타오르지만, 지식은 그 불꽃에 방향을 준다."

이제 나는 그 불꽃을 한 사람의 가슴이 아닌, 세상을 비추는 빛으로 키워 가려 한다.

새로운 출발
–자격 취득과 첫걸음

2019년 네덜란드 현장 견학에서 만난 한 사람과의 인연은 내 삶의 새로운 분기점이 되었다. 그의 소개로 '케어팜 전문가 과정(기본+심화)'[5]에 참여하게 되었고, 나는 비로소 치유농업 전문가를 향한 본격적인 첫발을 내딛게 되었다.

10년 넘게 컨설턴트로 강단에 서 있던 나는 이제 학생으로 강의실에 앉아 있었다. 처음엔 낯설고 어색했지만, 배움에 대한 갈증이 그 모든 어색함을 밀어냈다. 강의실에서 들은 이론은 유럽에서 느꼈던 막연한 감정을 체계적인 언어로 번역하는 열쇠였다. 감정이 이성으로, 영감이 개념으로 변하던 순간이었다.

삶으로 느낀 치유

경북 경산의 '바람햇살농장'[6]을 방문했을 때, 비로소 가슴으로 배

---

5) 케어팜전문가과정(기본+심화), 2021.4-6, 바흐닝언케어팜연구소.마음두레연구소.
6) 바람햇살농장: 영농조합법인, 경산의 특산물인 대추를 테마로 한 복합농업공간으로, 단순한 생산을 넘어 치유와 체험이 어우러진 곳임, http://www.brhsfarm.com

우기 시작했다. 지적장애 아이들과 부모를 위해 만들어진 그곳은 단순한 체험장이 아니라 '살아 있는 정원'이었다.

흙과 손이 닿는 곳마다 희망이 자라고, 식물의 뿌리마다 생명의 에너지가 흐르고 있었다. 발달장애 청년이 조용히 방울토마토 가지를 다듬는 동안, 그 모습을 바라보는 어머니의 얼굴에는 안도와 자부심이 가득했다. 그 순간, 마음속에 깨달음이 번졌다.

2020년, 배운 이론과 현장의 감정이 하나로 녹아들던 시기, 나는 강화군 농업기술센터에서 '농업·농촌의 가치와 치유농업'을 주제로 강의을 했다. 수없이 섰던 강단이었지만, 그날은 완전히 달랐다.

책 속의 이론을 전하는 이가 아니라, 땅을 밟고 사람을 만나는 실천가의 자리였다. 내 말에는 흙냄새가 배어 있었고, 내 이야기에는 내가 만난 사람들의 삶이 담겨 있었다. 강연이 끝난 뒤 한 농민이 손을 잡고 말했다.

그 한마디에, 나는 처음으로 느꼈다. 내 말이 '살아 있는 언어'가

되었구나. 그때부터 사람들은 나를 "현장의 치유농업 전문가"라 부르기 시작했다.

배움의 자세로, 자격시험에 도전하다

아이러니하게도, 현장을 다닐수록 이론에 대한 갈증은 더 깊어졌다. 나는 스스로를 다잡기 위해 2021년 치유농업사 국가자격시험에 지원했다. 그러나 첫 도전은 서류 탈락이라는 아픈 결과로 끝났다. 그 실패는 내 안의 안일함을 매섭게 깨뜨렸다. '10년 경력'이라는 자만이 만든 벽이었다. 이 실패가 내게 가르쳐 준 것은 단 하나, 겸손이었다.

이듬해, 나는 다시 도전을 시작했다. 우선 한경대 최고농업경영자 과정에서 기초를 다지는 한편, 치유농업사 양성과정에도 입학했다. 예순을 넘긴 나이에 다시 학생이 된다는 것은 쉽지 않은 일이었지만, 학습부장을 맡아 142시간의 수업을 빠짐없이 들었다. 현장 강의와 컨설팅 일정으로 바쁜 나날이었지만 학습부장을 맡으면서 직접 녹음한 강의를 차 안에서 들으며 공부했다.

1차 시험은 무난히 통과했지만, 진짜 승부는 2차 시험이었다. 시험장 안은 숨이 막힐 듯한 무거운 정적에 휩싸였다. 시작 종이 울리고 1분이 채 지나지 않았을 때였다. 한 어르신이 깊은 한숨을 내쉬며 시험지를 내려놓더니, 그대로 자리를 박차고 밖으로 나가 버렸다. 닫힌 문 너머로 사라진 그의 뒷모습이 유난히 쓸쓸해 보였다.

그때 나도 정신이 하얘졌다. '정신 차리자.' 심호흡을 하고 마지막 한 줄까지 채웠지만, 시험장을 나서는 발걸음은 무거웠다. '이번에도 안 됐구나!'

며칠 뒤, 아들과 베트남 여행길에 올랐다. 비행기가 이륙하기 직전, 무심코 합격자 발표 사이트를 눌렀다.

점수는 겨우 커트라인을 넘었지만, 그 두 글자를 보는 순간 눈물이 멈추지 않았다. 그것은 단순한 자격증의 기쁨이 아니었다. 나이의 벽을 넘어, 실패를 견디며 다시 배우는 용기였고, 그 과정을 지켜본 아들 앞에서 스스로를 증명한 작지만 깊은 자존심이었다.

그날 밤, 따뜻한 베트남 하늘 아래 아들과 조용히 축하의 잔을 나눴다.

"아버지, 정말 고생하셨어요."

아들의 그 한마디는 어떤 합격증보다 내게 더 값진 증서였다.

책이 나를 이끌고, 철학이 삶이 되다

퍼머컬처가 '어떻게 농장을 운영할 것인가'에 대한 실천적 도구를 주었다면, 책들은 '왜, 그리고 어떤 마음으로 그것을 해야 하는가?'를 가르쳐 주었다. 내가 걸어온 배움의 길 위에서 만난 여러 권의 책은 흩어져 있던 경험과 생각을 하나의 맥락으로 엮어 주었다. 그 책들은 어둠 속의 등대처럼 내 걸음을 비추었고, 혼란스러웠던 나의 길을 하나의 철학적 지도로 바꾸어 놓았다.

「가이아의 정원」-관계의 철학
가장 먼저 내 마음을 흔든 책은 토비 헤멘웨이의 「가이아의 정원(Gaia's Garden)」이었다.

"치유는 어디에서 오는가?"
"사람을 회복시키는 농장은 어떤 철학 위에 서야 하는가?"

이 질문들에 목말라 있던 내게 그 책은 조용히 속삭였다.

그 문장을 읽는 순간, 정원은 더 이상 관리의 대상이 아니라 공존의 생태계가 되었다. 자연을 다스리는 것이 아니라, 자연과 함께 스스로를 회복하는 일. 그가 전한 메시지는 단순했다.

"거대한 설계보다, 작은 정원을 가꾸는 일이 더 큰 혁신이다."

그때 나는 깨달았다. 치유농업이란 사람을 고치는 일이 아니라, 사람과 자연의 관계를 회복시키는 일이라는 것을. 이것이 나의 첫 번째 철학적 뿌리였다.

「대지에 입맞춤을(Kiss the Ground)」—실천의 감각

조시 티켈의 「키스 더 그라운드(Kiss the Ground)」는 그 뿌리에 따뜻한 숨을 불어넣었다.

"땅을 돌보는 것은 곧 나 자신을 돌보는 일이다."

이 문장을 곱씹으며 밭을 걸을 때, 나는 처음으로 흙과 대화하는 법을 배웠다. 예전엔 수익과 효율을 계산했다면, 이제는 흙이 숨 쉬는 소리를 먼저 들으려 했다.

'이 땅은 오늘 행복할까?'

그 질문이 나의 농사를 바꾸었다. 이 책이 내게 준 가장 강력한 메시지는 이것이었다.

"우리는 매일 식탁 위에서 지구를 바꾸고 있다."

그 문장을 읽은 순간, 치유농업은 나에게 단지 '건강한 음식'이 아니라 로컬푸드 기반의 저탄소 힐링푸드 운동으로 확장되었다. 흙을 만지는 일은 자기 돌봄의 시작이고, 흙에서 자란 음식을 먹는 일은 지구를 향한 가장 따뜻한 입맞춤이라는 것을 알았다.

「기후 미식(Climate Gourmet)」—시대의 사명

이의철 작가의 「기후 미식(Climate Gourmet)」은 그 철학에 시대적 무게를 더했다.

"우리는 일상의 식탁을 통해 지구를 바꾸고 있다."

이 짧은 문장은 내게 거대한 울림으로 다가왔다. 기후위기는 거창한 이념이 아니라, 내 식탁 위의 한 끼로부터 시작되는 실천임을 깨달았다. 무경운, 퇴비, 제철·로컬푸드, 저탄소 조리법. 이 모든 작은 실천이 모여 지속 가능한 사회를 만들어 간다.

그때부터 내 농장의 밥상은 단순한 '치유식'이 아니라, 탄소를 줄이고 생명을 살리는 작은 선언문이 되었다.

「제3의 식탁(The Third Plate)」─공동체의 온기

댄 바버의 「제3의 식탁」은 내게 새로운 선언에 따뜻한 온기를 더해 주었다. 그 책을 읽으며 나는 내 삶의 식탁들을 하나씩 떠올렸다. 제1의 식탁은 서울에서의 '연료의 식탁'이었다. 효율만을 위해 서둘러 먹던, 몸을 위한 식사였다. 제2의 식탁은 고향으로 돌아와 가족과 이웃의 온기를 나누던 '관계의 식탁'이었다. 그리고 마침내 깨달았다. 내가 진정으로 꿈꾸는 식탁은 누구나 와서 함께 앉을 수 있고, 존재만으로 환영받는 '공동체의 제3의 식탁'이었다.

치유농업의 본질은 프로그램을 운영하는 일이 아니라, 그 제3의 식탁을 차리는 일임을 알게 되었다. 그 식탁 위에는 작물만이 아니라 흙과 계절, 땀과 기다림, 웃음과 이야기, 그리고 삶 그 자체가 함께 놓여 있었다. 우리가 매일 어떤 식탁을 차릴 것인가를 선택하는 일은, 결국 어떤 세상을 만들어 갈 것인가를 결정하는 일과 다르지 않다.

「생명경제로의 전환」─지속가능성의 날개

그리고 마지막으로, 자크 아탈리의 「생명경제로의 전환」은 내 모든 꿈에 지속가능성이라는 단단한 날개를 달아 주었다.

그 질문 앞에서 나는 확신했다. 치유농업은 단지 '좋은 일'을 하는 활동이 아니라, 기존의 성장 중심 경제를 넘어서는 대안적 삶의 체계라는 것을. 치유농업은 더 많이 생산하고 소비하는 죽이는 경제가 아니라, 더 깊이 연결하고 순환시키는 살리는 경제의 시작점이다. 이곳에서는 돈이 목적이 아니라 도구이며, 이윤보다 존재의 회복력이 더 중심에 선다. 그것이 내가 꿈꾸는 농장이자, 생명경제가 태동하는 작은 땅의 실험실이다.

철학이 뿌리가 되고, 삶이 잎이 되다
「가이아의 정원」에서 「생명경제로의 전환」까지, 이 다섯 권의 책은 내 삶의 조각들을 꿰매어 하나의 세계관으로 엮어 주었다.

내 농장은 더 이상 단순한 텃밭이 아니다. 그곳은 관계를 회복하는 생태계이며, 지구에 입맞추는 실천의 자리이며, 기후위기에 응답하는 공동체의 학교이며, 누구에게나 열린 제3의 식탁이며, 그리고 생명경제가 숨 쉬는 살아 있는 실험실이다. 나는 지금, 그 철학의 땅 위에 두 발을 단단히 디디고 서 있다.

"책이 나를 이끌었고, 철학이 내 삶이 되었다."

연구자에서 실천가로

치유농업사 자격과 수많은 책들이 내 머릿속에 단단한 철학을 세워 주었다면, 퍼머컬처는 그 철학에 생명을 불어넣는 손의 도구를 내게 주었다. 나는 오랫동안 연구자였다. 강의실에서 마이크를 잡고, 현장을 분석하며, 치유농업의 가능성을 말하던 사람이었다. 그러나 그동안 내 손끝은 흙이 아닌 키보드와 펜에만 닿아 있었다. '안다'는 확신은 있었지만, '해 보지 않았다'는 공허함이 늘 마음 한구석을 맴돌았다.

그 공허함이 깨진 것은 내 몸이 병들고 나서였다. 전립선암 진단과 수술, 그리고 회복의 시간은 '치유'라는 말을 다시 배우게 한 긴 여정이었다. 그때 나는 알았다. 치유란 개념이 아니라, 살아남기 위한 언어라는 것을.

봄비에 젖은 텃밭에서 새싹이 돋는 모습을 바라보고, 그 손으로 키운 채소로 한 끼를 차려 먹는 일은 책으로 배운 그 어떤 지식보다 더 강력하게 나를 살리고 있었다. 설명으로서의 치유와 삶으로서의 치유는, 그렇게 완전히 다른 세계였다.

퍼머컬처로의 순례

그 첫걸음은 일종의 순례였다. 매주 한두 번, 용인에서 제천까지 왕복 여섯 시간을 달려 72시간 퍼머컬처 디자인 정규과정[7]을 수료했다. 강의실에는 흙냄새와 퇴비의 냄새가 어우러졌고, 강사는 '생산성'이 아닌 '관계'의 중요성을 말했다. 매번 강의가 끝난 뒤에는 몸은 피곤했지만, 머릿속은 이상할 만큼 생생하게 살아 있었다. 물길과 햇살, 바람의 흐름이 머릿속 지도를 따라 움직이는 것 같았다.

이후 충남 아산에서는 '키친가든' 프로그램[8]을 통해 한국형 퍼머컬처를 배우며 내 농장의 실제 모델을 설계했다. 손으로 흙을 뒤집고, 스스로 만든 퇴비를 섞고, 씨앗이 트는 과정을 지켜보면서 나는 깨달았다. 지식은 머리에서 자라지 않는다. 흙에서 자란다. 퍼머컬처는 땅을 설계하는 기술이 아니라, 자연의 질서 속에서 삶을 다시 디자인하는 지혜였다.

퍼머컬처 커뮤니티 케어팜 연구 모임의 시작

2025년 초봄, 아직 겨울의 기운이 남아 있던 3월 첫째 주, 나는 뜻이 맞는 치유농업사들과 함께 '퍼머컬처 커뮤니티 케어팜(PCC) 연구

---

7) 제천시 농업인대학 퍼머컬처학과-지속가능한 생태농업(2024. 4-7), 제천시농업기술센터.
8) 귀촌인 농산업 창업교육과정-키친가든 제3기(2024. 3-6), 시골살이궁리소.

모임'을 출범시켰다. 이 모임은 단순한 학습 모임이 아니었다.

그 한마디로 시작된 우리의 여정은, 이론과 실천, 그리고 치유와 생명의 경계를 넘나드는 문화운동의 씨앗이 되었다. 우리가 모인 이유는 분명했다. 그동안 강의실과 연구 보고서 속에서 논의되어 온 치유농업의 개념을, 이제는 땅 위에 구체적으로 심고 실천해 보자는 것이었다.

치유농업사, 농업인, 경영지도사, 간호사, 상담전문가, 기업가까지 다양한 배경의 사람들이 모였다. 각자의 경험은 달랐지만, "함께 설계하고, 함께 손을 더럽히며, 함께 나아가자!"는 열정은 하나였다. 우리는 연구 모임의 목표를 이렇게 정했다.

"퍼머컬처의 철학을 기반으로, 사람과 자연이 함께 회복하는 커뮤니티 케어팜(PCC) 모델을 만든다."

〈첫 모임-씨앗을 심다〉(3월 3일)

우리는 치유농업과 퍼머컬처를 결합한 새로운 모델, PCC의 개념을 정립했다. "자연 속에서 함께 치유하고 성장하는 공동체." 이 문장이 우리의 비전이자 모토가 되었다. 그날 우리는 연구회를 4개 팀으로 나누었다. 기획운영팀, 퍼머컬처 디자인팀, 치유음식팀, 그리고 치유프로그램팀.

모두가 자발적으로 팀을 선택했다. 나는 한동안 강단 위에서 이론을 전해 왔지만, 그날 처음으로 '현장에 뿌리내린 연구자'라는 감각을 느꼈다.

〈두 번째 모임–뿌리를 내리다〉(3월 18일)

이날의 주제는 '퍼머컬처의 이해와 농장 디자인'이었다. 우리는 퍼머컬처의 세 가지 윤리–지구 돌봄, 사람 돌봄, 공정한 분배–와 열두 가지 디자인 원칙을 배우며 철학의 뿌리를 깊게 내렸다. 국내외 사례를 함께 검토하고, 가평과 용인의 실습 농장을 지도 위에 놓고 구역(Zoning)을 설정했다. 지도 위의 작은 선 하나하나가, 마치 우리 각자의 삶의 선처럼 느껴졌다.

〈세 번째 모임–가지를 뻗다〉(4월 5일)

그날은 비가 내렸다. 그러나 우리는 흙 위로 나갔다. 삽과 괭이를 들고, 직접 키홀 가든과 스파이럴 허브화단을 만들었다. 손끝으로 느껴지는 흙의 온기, 빗물의 냄새, 동료들의 웃음소리가 뒤섞였다. 그 순간 우리는 알았다. 퍼머컬처는 이론이 아니라 몸으로 이해하는 생명의 언어라는 것을.

〈네 번째 모임—삶을 디자인하다〉(4월 15일)

이번 주제는 인지장애 어르신과 청소년을 위한 치유프로그램 설계였다. 치매 어르신의 '손의 기억', 말이 적은 청소년의 '눈빛의 회복' 같은 현장의 사례를 나누며, 우리는 프로그램의 설계도를 그렸

다. 한 장의 종이 위에는 '오감정원 퍼머컬처', '지구디자이너학교' 같은 이름이 새겨졌다. 단순한 프로그램이 아니라, 사람의 회복 여정이었다.

하지만 뜨거웠던 열기에도 불구하고, 이 모임을 끝으로 우리의 시계는 잠시 멈춰 서야 했다. 나에게 예기치 않게 찾아온 암 수술, 그리고 이어진 치열한 회복의 시간 동안 연구 모임도 잠시 긴 숨을 고르는 쉼표가 필요했기 때문이다.

〈다섯 번째 모임−열매를 맺다〉(7월 3일)

마지막 주제를 '치유음식'으로 확장했다. 우리는 치유농업의 철학을 완성하는 매개체로서의 음식을 다루었다. '불고기 샐러드'와 '가지깨소스냉채'를 함께 만들며, 음식이 단순한 영양이 아니라 생명을 되돌려받는 예식임을 깨달았다. 그날의 식탁은 연구 모임의 또 하나의 실험실이었다. 누군가는 "오늘의 밥상이 우리 연구의 결론 같다."고 말했다.

이처럼 PCC 연구 모임은 다섯 번의 만남을 통해 이론-실습-콘텐츠-회복의 전 과정을 완성했다. 퍼머컬처, 치유농업, 공동체, 그리고 탄소중립이라는 네 개의 축이 하나로 엮였다. 그리고 그 결실은 가평의 700평 부지 위, '가평 PCC 실증사업'이라는 이름으로 이어졌다.

몸으로 쓰는 회복일지

그 모든 시간이 진행되는 동안, 나는 여전히 암 수술의 회복기에 있었다. 동료들이 화이트보드 앞에서 프로그램을 설계할 때, 나는 옆자리에서 내 몸의 회복일지를 쓰고 있었다. 피로, 통증, 잠의 리듬, 식사의 변화, 그리고 조금씩 되살아나는 체력.

그 모든 것을 기록하며 나는 느꼈다. 회복이란 몸의 문제가 아니라 관계의 문제라는 것을. 흙과 나, 식물과 나, 그리고 사람과 나의 관계가 이어질 때 비로소 회복이 시작된다. 하루는 모임을 마치고 나오는 길, 손끝에 남은 흙을 털어내며 문득 생각했다.

'이 흙이 내 몸의 일부처럼 느껴지는구나!'

그날, 한 동료가 내게 말했다. "선생님, 요즘 강의하실 때 말투가 달라졌어요. 예전엔 분석이 많았는데, 이제는 경험으로 이야기하시네요." 그 말이 내게는 가장 큰 칭찬이었다. 연구자의 언어와 실천가의 언어가 하나로 합쳐지는 순간, 강단 위의 나와 밭고랑 위의 내가 마침내 하나가 되었다.

나는 이제 치유를 설명하는 사람이 아니라, 살아 내는 사람이 되었다. 흙을 만지고, 함께 배우고, 서로를 돌보며. 그 길 위에서 나는 확신했다. 이제야 비로소 "나는 치유농장에서 나이 들기로 했다."는 그 말의 의미를 온전히 이해하게 되었다.

머리와 가슴, 그리고 손의 통합

유럽에서 돌아왔을 때의 나는 단 하나의 꿈을 가진 몽상가였다. 그 꿈의 이름은 '치유농업'이었다. 하지만 이 5장의 여정을 지나며 나는 마침내 그 꿈을 현실로 옮길 수 있는 실천가로 변해 있었다.

'치유농업사' 국가자격증은 나의 개인적 체험에 공적 언어를 부여해 주었다. 배움은 나의 감정을 체계로 바꾸었고, 이제 나의 이야기는 설득력을 갖춘 전문가의 언어로 세상과 연결되었다.

「가이아의 정원」에서 「생명경제로의 전환」에 이르기까지의 책들은 그 배움에 깊은 철학적 뿌리를 내려 주었다. 그 속에서 나는 깨달았다. 농업은 단순한 기술이 아니라, 삶과 생명을 디자인하는 철학이라는 것을.

그러나 이 모든 것을 완성시킨 마지막 퍼즐은 책도, 자격증도 아닌 내 몸이었다. 암이라는 이름의 시련 속에서 나는 땅을 통해 다시 살아났다. 차가운 병실에서 잃어버렸던 감각을 맨발로 밟은 흙의 촉감이 되살려 주었다. 손끝으로 심은 작은 새싹들이 다시 살아야 할 이유를 일깨워 주었다. 그것은 어떤 이론으로도 대신할 수 없는, 몸이 직접 전해 준 지혜였다.

그리하여 나는 깨달았다. 머리로 익힌 지식, 가슴으로 품은 철학, 손과 몸으로 얻은 지혜. 이 세 가지가 하나로 이어질 때, 비로소 '살아 있는 배움'이 완성된다는 것을. 그때 나는 두려움 대신 확신을 얻었다. 이제 도구를 가다듬는 시간은 끝났다. 이제는 함께 쓸 집을 짓는 시간이 시작된다.

"나는 이제 배운 것을 가르치는 사람이 아니라, 배운 대로 살아가는 사람이 되려 한다."

제3부

흙 위에서 다시,
삶을 일구다

제6장
내 몸의 밭을 일구다—암, 흙, 그리고 다시 얻은 시간

　유럽의 들판에서 새로운 꿈의 씨앗을 안고 돌아왔을 때, 나는 모든 준비가 되었다고 믿었다. 치유농업사라는 자격증, 마음을 흔든 책들, 그리고 뜻을 함께하는 동료들이 있었다. 이제 나는 타인의 회복을 도울 준비가 끝났다고 믿었다. 오만이었다. 삶이라는 스승은 예기치 않은 방식으로 회초리를 들었다. 이번에 갈아엎어야 할 밭은 타인의 땅이 아니라, 바로 내 몸이었다. 그 밭 한가운데 '암'이라는 낯설고 무거운 씨앗이 떨어졌다.

　수십 년 동안 나는 타인의 성장과 회복의 이야기를 써 왔다. 기업의 위기와 전환을 돕고, 조직의 뿌리를 살피며, 늘 '다른 사람의 밭'을 들여다보았다. 그러나 정작 내 몸이라는 밭에는 귀 기울이지 못했다. 무심히 지나쳤던 몸의 신호들이 어느 날 비명처럼 내 삶을 멈춰 세웠다. 치유농부가 되기를 꿈꾸던 나는, 아이러니하게도 스스로 치유가 필요한 첫 번째 환자가 되었다.

이 장은 내 인생에서 가장 어두운 터널의 기록이며, 그동안 머리로만 말해 온 '치유'라는 단어를 온몸으로 다시 배우게 된 과정을 담고 있다. 내가 꿈꾸던 치유농장은 누군가를 위한 공간이 아니라, 결국 '나 자신을 살리기 위한 생존의 밭'이었다.

멈춤의 시간
-모든 것이 무너질 때

터널의 시작—불안과 함께 걷다

그동안 나는 늘 타인의 밭을 이야기하는 사람이었다. 어떻게 하면 더 좋은 열매를 맺을지, 어떤 방식으로 땅을 일궈야 풍요로워질지를 고민했다. 그러나 단 한 번도 내 몸이라는 밭을 진지하게 들여다본 적은 없었다.

2024년 늦여름, 내 뜻과 상관없이 '암'이라는 낯선 씨앗이 내 몸의 밭에 떨어졌다. 작지만 묵직한 그 씨앗은 내 삶의 모든 것을 한순간 멈춰 세웠다.

익숙한 병원 진료실의 공기가 유난히 무겁던 8월의 어느 날, 의사의 말이 내 가슴에 돌처럼 떨어졌다.

"음… 이건 좀 더 봐야겠는데요."

무심하게 들리던 그 한마디가 내 마음에 불안의 씨앗을 심었다. 12월, MRI 결과에서 이상 소견이 보인다며 조직검사를 권유받았고, 그날 이후 '혹시나'라는 생각이 밤마다 나를 잠 못 이루게 했다. 가족에게 차마 말하지 못했다. 두려움의 무게를 함께 짊어지게 하고 싶지 않았다.

그리고 2025년 1월, 조직검사 결과는 '전립선암 초기'였다. 그 순간, 나는 더 이상 컨설턴트도, 전문가도 아니었다. 그저 인생의 막다른 골목에 선 한 인간이었다.

수술 날짜를 기다리던 석 달의 시간은 내 생애 가장 길고, 가장 잔인한 터널이었다. 고요하지만 냉혹한 그 시간 속에서 나는 처음으로 삶의 민낯을 마주했다. 죽음을 떠올리기보다, 오히려 '살아 있음'의 기적을 느끼는 날들이었다.

그리고 어느 날 문득, 만약 내게 남은 시간이 정해져 있다면 가장 먼저 전하고 싶은 말은 무엇일까 생각이 들었다. 그날 밤, 나는 조용히 펜을 들었다.

〈만약 내게 남은 시간이 많지 않다면〉(2월 3일)

오늘 전립선 암 수술 날짜를 잡았다. 비록 초기 진단이지만 '암'이라는 단어는 내 삶에 작은 균열을 만들었고, 그 틈 사이로 나는 그동안 외면했던 내면의 나를 들여다보기 시작했다.

〈아내에게〉

그동안 너무 많은 짐을 지게 해서 미안합니다.

경제적인 부담도, 마음의 짐도 모두 당신이 감내했지요.

내가 져야 할 무게를 함께 짊어지느라

웃음을 잃게 만든 건 아닌가 마음이 무겁습니다.

그럼에도 말없이 나를 안아 준 당신,

고맙습니다. 사랑합니다.

〈딸에게〉

너는 언제나 진지하고 깊은 길을 걸어왔지.

박사과정을 견디던 그 시절,

아버지는 너에게 큰 도움이 되지 못했어.

그게 늘 마음에 남는다.

하지만 너의 성실함과 진심은

반드시 너를 원하는 곳으로 데려다 줄 거야.

너는 내 자랑이자, 내 희망이란다.

〈아들에게〉

결혼을 진심으로 축복한다.

하지만 한편으로는 아버지로서 해 준 것이 너무 적어 늘 미안했다.

이제 가정을 꾸린 네 모습을 보며 오히려 내가 배운다.

책임이 무엇인지, 사랑이 무엇인지를.

작년엔 며느리가 들어오고, 올해 초에는 손자가 태어났다.

그 작은 생명은 내 마음속에 따뜻한 불씨가 되어
지친 몸과 마음을 다시 살게 하는 희망이 되었다.

남은 시간 동안 나는 이 사랑을
더 자주, 더 따뜻하게 전하고 싶다.
이제는 미루지도, 머뭇거리지도 않겠다.
살아 있는 지금, 내가 선택할 수 있는 가장 큰 자유는
'어떻게 살아갈 것인가'를 스스로 결정하는 일이다.
그리고 나는 깨달았다.
그것이야말로 '치유'의 진짜 시작임을.

수술 전날 밤, 나에게 쓰는 편지

수술을 하루 앞둔 그날 밤, 나는 조용히 생각을 정리하며 하루를
마무리했다. 병실의 불빛 아래 누워 나 자신에게 편지를 썼다.

〈나에게 보내는 편지〉(4월 29일)

오늘 나는 병원 침대에 누워 수술을 기다리고 있다.
어제부터 이어진 금식 탓에 몸은 조금 허기지지만,
마음은 오히려 고요하다.
오랜 시간 걱정하고 준비해 온 만큼,
이제는 모든 것을 믿고 내려놓을 때가 되었다는 생각이 든다.

수술은 나를 더 건강한 삶으로 이끄는 또 하나의 길일 것이다.

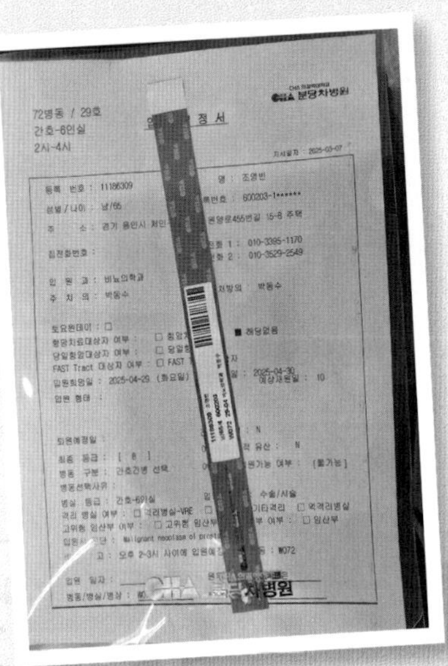

72병동 / 29호
간호-6인실
2시-4시
CHA 의과학대학교
CHA 분당차병원
입원 정서
지시일자 : 2025-03-07
등록 번호 : 11186309
성 명 : 조영빈
성별/나이 : 남/65
주민번호 : 600203-1******
주 소 : 경기 용인시 처인구 원양로455번길 15-8 주택
집전화번호 :
전화 1 : 010-3395-1170
전화 2 : 010-3529-2549
입 원 과 : 비뇨의학과
처방의 박동수
주 치 의 : 박동수
토요원데이 : □
항암치료대상자 여부 : □ 항암
■ 해당없음
당일항암대상자 여부 : □ 당일항
FAST Tract 대상자 여부 : □ FAST
입원희망일 : 2025-04-29 (화요일)
예상진료일 : 2025-04-30   예상재원일 : 10
입원 형태 :
퇴원예정일 :
N
최종 등급 : [B]
목적 유산 : N
병동 구분 : 간호간병 선택
변경가능 여부 : [불가능]
병동선택사유 :
병실 등급 : 간호-6인실
수술/시술
격리 병실 여부 : □ 격리병실-VRE   □ 기타격리   □ 역격리병실
고위험 임산부 여부 : □ 고위험 임산부   여부 : □ 임산부
입원시진단 : Malignant neoplasm of prostate
고 : 오후 2-3시 사이에 입원예정   : W072
입원 일자 :
병동/병실/병상 :
CHA 분당차병원

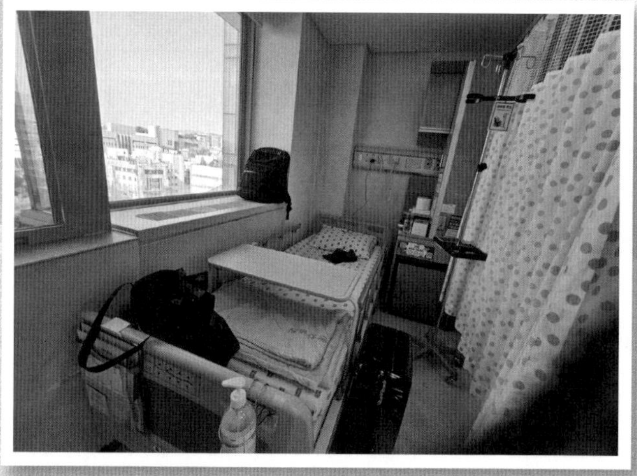

두려움 대신 희망이 내 안에 자라고 있다.
다시 건강을 되찾아 소중한 일상으로 돌아가리라.
따뜻한 햇살 아래 사랑하는 사람들과
웃으며 하루를 살아갈 그날을 고대한다.

이 순간, 나는 내 자신에게 고마움을 느낀다.
끝까지 포기하지 않고 여기까지 걸어온 나에게,
"괜찮아, 수고했어!"라고 다정히 말을 건넨다.
몸과 마음이 함께 회복되기를, 나는 나 자신을 따뜻하게 응원한다.
수술도,
회복도,
모두 잘될 것이다.
그래, 괜찮아.
모든 게 잘될 거야.

수술의 날–고통과 다시 태어남의 기록

〈4월 30일, D-day〉

그날 아침의 공기는 이상하리만큼 차분했다. 이동용 침대에 누워 수술실로 향하는 동안, 천장에 늘어선 하얀 형광등이 하나둘 내 머리 위로 흘러갔다. 차가운 공기, 코끝을 찌르는 소독약 냄새… 그 모든 감각이 오래전 아버지를 보내던 그날의 기억과 겹쳐졌다.

수술실 문 앞에서 나는 조용히 속삭였다.

마취제가 온몸에 퍼지는 순간, 나는 불안과 두려움이라는 무거운 옷을 벗어던지고 의사에게, 그리고 삶에게 모든 것을 온전히 맡겼다.

눈을 뜬 곳은 회복실이었다. 희미한 시야 너머로 깜박이는 기계 불빛만이 보였다. 주위엔 아무도 없는 듯한 고립감이 몰려오며 극도의 두려움이 밀려왔다. 병실로 돌아온 후 며칠은 거칠고 힘든 시간이었다. 가래와 복부 가스, 미세한 통증이 밤낮없이 이어졌다.

그때 처음 깨달았다. '숨을 깊이 들이쉬는 일, 그리고 시원하게 내쉬는 일'이 이토록 소중한 것이었구나! 65년 동안 쉼 없이 달려온 나는, 그때 비로소 침대 위에서 내 자신과 마주했다.

회복의 날–나에게 쓰는 편지

그제 수술을 마치고, 오늘 나는 병실 침대에 누워 회복 중이다.
몸은 여전히 무겁지만, 마음은 그 어느 때보다 맑고 고요하다.

나는 쉼 없이 65년을 달려왔다.
가족을 위해, 일터를 위해, 책임이라는 이름으로 걸어왔다.
돌아보면 후회는 없다.
하지만 문득 이런 생각이 스친다.

'나는 나 자신에게 너무 엄격하지 않았을까?
가끔은 나를 토닥이며 쉬어도 되었을 텐데.'

이제서야 내 안의 목소리가 들린다.
병을 겪고 나서야 비로소 들리는, 나 자신을 향한 속삭임.
그래서 오늘은 이렇게 말하고 싶다.

"그동안 정말 수고 많았다.
남들보다 더 열심히 살아온 너를 꼭 안아 주고 싶다.
이제는 조금 더 자신에게 다정하게 살아도 괜찮다."

아버지를 만나다─한 그릇의 죽 앞에서

수술 후 다섯째 날 아침. 나흘 동안의 금식 끝에, 처음으로 분홍빛 접시에 담긴 하얀 죽이 내 앞에 놓였다. 김이 모락모락 피어오르는 그 평범한 한 그릇의 죽을 보는 순간, 내 안의 기억의 강이 한꺼번에 흘러넘쳤다. 1994년 3월, 중환자실의 침대 위에서 아버지는 인공호흡기에 의지한 채 힘겹게 말씀하셨다.

"애야, 이제 집으로 가자."

그날 밤, 아버지는 결국 집으로 돌아오셨다. 가족 모두를 머리맡에 앉히고, 마지막으로 막걸리 한 사발을 찾으셨다. 그리고 자식들에게 한 잔씩 권하신 뒤, 모든 걸 정리한 듯 조용히 눈을 감으셨다.

그때 나는 장남이었지만 병실 곁을 오래 지키지 못했다. 그 자리를 대신해 준 사람은, 형처럼 든든했던 내 동생이었다. 그 생각에 감사와 미안함, 그리고 그리움이 뒤섞여 뜨거운 눈물이 한 숟가락의 죽 위로 떨어졌다.

이제야 깨달았다. 아버지가 돌아가고자 했던 '집'은 내가 꿈꾸어 온 치유농장의 원형이었다는 것을. 차가운 병실이 아닌, 흙냄새 나는 자연 속에서 사랑하는 사람들 곁에서 생을 마무리하고자 한 아버지의 뜻. 그 소망이 바로 내가 이 길을 걸어온 이유였다.

지금 내 앞의 이 한 그릇의 죽은, 그 소망을 다시 일깨우며 내 삶을 되살리고 있었다. 나는 병상 위에서 비로소 깨달았다. 나는 여전히 아버지의 아들이며, 이제야 아버지의 삶을 이어 가는 또 하나의 생명으로 다시 태어나고 있음을.

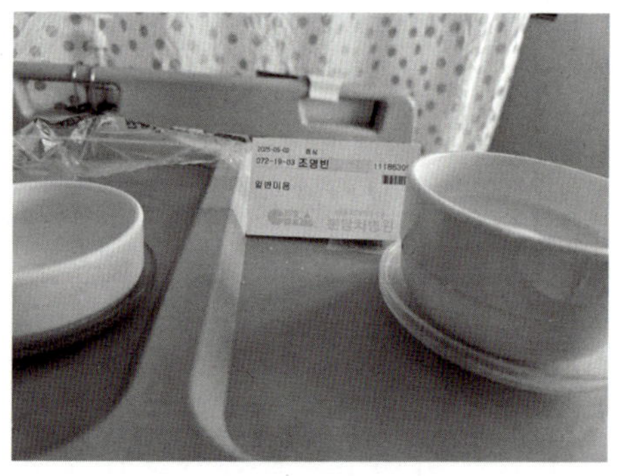

D+9(5월 9일), 퇴원을 앞두고 희망의 문을 열다

병원에 머문 지 열흘째 되던 밤, 나는 퇴원을 하루 앞두고 '희망의 문'을 열 준비를 했다.

〈내일, 퇴원을 앞두고〉

내일이면 나는 이 병원을 떠난다.

이 침대 위에서 보낸 시간의 무게는 결코 가볍지 않았다.

나는 생애 처음으로 '나 자신을 위해

멈추고, 누워서, 아파한 시간'을 가졌다.

지난 반년은 내 인생 65년 중

가장 불안하고 긴장된 시간이었지만,

나는 그 시간을 견뎌 냈다.

피하고 싶었던 시간을 정면으로 마주했고,

그 끝에서 '살아 있는 나'를 다시 발견했다.

몸은 한결 가벼워졌고, 마음은 더욱 단단해졌다.

이제 나는 다시 내 삶의 자리로 돌아갈 준비가 되어 있다.

병원을 나서는 순간, 나를 따라올 것은 불안이 아니라 희망이다.

새로운 삶, 더 건강하고 따뜻한 시간이 나를 기다리고 있음을 안다.

그리고 그 삶은 분명 이전보다 더 빛날 것이다.

창밖을 바라보았다.

정원엔 풀이 무성히 자랐을 것이고,

백합도 놀랍게 자라 있을 것이다.

그 작은 마당을 가득 채웠을 생명의 기운을 떠올리니

마음이 한결 가벼워졌다.

이제 나는 다시 땅 위로 돌아간다.

불안의 그림자를 털고, 사랑하는 사람들과 함께

내가 가꾸어 갈 새로운 길 위로 나선다.

그 길 위에서,

분명 새로운 희망이 나를 기다리고 있을 것이다.

회복의 여정
─흙과 밥상, 내 몸의 사계절

수술을 마치고 집으로 돌아왔을 때, 병원의 소독약 냄새는 사라지고 마당의 흙내음이 나를 반겼다. 의사가 고쳐 준 것은 몸의 기능이었지만, 무너진 삶을 다시 일으켜 세우는 것은 오롯이 나의 몫이었다.

나는 나 자신을 '1인 치유 프로그램'의 첫 번째 대상으로 삼았다. 흙을 만지고, 그 흙이 키운 생명을 먹으며 내 몸이 어떻게 반응하는지 기록하기 시작했다. 이것은 지난 1년, 텃밭의 사계절과 내 몸의 회복 주기가 맞물려 돌아간 치유의 일지다.

봄─깨어남, 첫 수확의 전율(4~5월)
〈D+15, 멸균된 안전보다 살아 있는 위험을〉
퇴원 후 처음으로 마당에 쭈그리고 앉아 맨손으로 흙을 쥐어 본 날을 잊을 수 없다. 병원에 있는 동안 내 살에 닿는 것이라고는 차가운

금속 침대 난간이나 링거 줄, 까슬한 환자복뿐이었다. 그것은 '멸균'
이라는 이름의 안전한 감옥이었다.

　하지만 이곳은 달랐다. 손톱 밑으로 파고드는 거친 모래 알갱이,
축축하고 서늘한 습기, 그리고 이름 모를 벌레들의 꿈틀거림. 그 지
저분한 감촉이 어찌나 반갑던지. 그것은 멸균된 안전이 아니라 '살
아 꿈틀대는 생명'의 감촉이었다. 흙이 묻은 손을 털지 않고 한참을
들여다보았다. 내 지문 사이사이에 낀 검은 흙이 비로소 나를 '환자'
가 아닌 '농부'로 되돌려 놓고 있었다.

퇴원 후 한 달, 텃밭에서 첫 수확을 했다. 겨우내 얼었던 땅을 뚫고 나온 상추와 치커리, 그리고 붉은 한련화 꽃잎을 바구니에 담았다. 부엌으로 가져와 찬물에 씻은 뒤, 아무런 드레싱 없이 입에 넣었다.

"아삭."

그 순간 입안에서 터진 것은 단순한 채소의 즙이 아니었다. 그것은 땅의 혈액이었다. 쌉싸름하고 비릿한 흙의 향기가 식도를 타고 내려가자, 마취와 항생제에 절여져 있던 내 몸의 세포들이 비로소 기지개를 켜는 듯했다. 병원 밥이 나를 '연명'하게 했다면, 내가 기른 이 한 끼의 채소는 나를 '소생'시키고 있었다. 나는 이때 처음으로 예감했다. "흙에서 난 것이 내 몸을 살리겠구나!" 이 막연한 믿음이 훗날 치유농업을 향한 내 확신의 씨앗이 되었다.

〈치유텃밭의 변화〉 흙의 모공을 열다

겨우내 딱딱하게 굳은 땅을 호미로 살살 긁어 주었다. 퍼머컬처의
원칙대로 땅을 깊게 갈아엎지 않고, 흙 속에 공기가 통할 숨구멍만
열어 주었다. 그 틈새에 상추와 바질 씨앗을 심고 흙을 덮었다. 일주
일 뒤, 검은 흙을 뚫고 연두색 떡잎이 '톡' 하고 올라왔을 때의 그 경
이로움. 마치 흙이 숨을 참았다가 "후우~" 하고 생명을 토해 낸 것
같았다. 그 여리지만 단단한 새싹을 보며 나는 한참을 쪼그리고 앉
아 있었다.

수술 후 마취와 항생제에 절여져 멍하던 내 몸에도 감각이 돌아왔다. 씨앗이 껍질을 깨듯, 무뎌졌던 미각과 후각이 예민하게 깨어났다. 새싹을 만진 손끝이 찌릿하고, 흙냄새가 폐부 깊숙이 들어왔다. 수술 부위의 당기는 듯한 통증마저도 '아, 내 살이 다시 붙고 있구나!' 하는 치유의 신호로 느껴졌다. 봄의 텃밭이 언 땅을 녹이듯, 내 몸도 긴장의 겨울을 끝내고 스스로 해동하고 있었다.

나만의 치유루틴–매일 아침, 나를 살려 낸 두 가지 의식
맨발 걷기(Earthing): 내 몸의 염증을 땅으로 흘려보내다
〈D+45, 이슬 밟기〉

새벽 6시, 나는 양말을 벗고 맨발로 잔디밭 위에 섰다. 발바닥에 닿는 차가운 새벽 이슬의 감촉에 온몸의 신경이 곤두섰다. 병원 복도의 매끄럽고 차가운 인공적인 느낌과는 전혀 다른, 거칠지만 생명력이 넘치는 차가움이었다.

한 발 한 발, 잔디와 흙 위를 걸었다. 발바닥의 아치가 흙의 굴곡을 감쌀 때마다, 수술 부위의 미세한 당김이 오히려 시원하게 풀리는 듯했다. 나는 이것을 '어싱(Earthing, 접지)'이라 불렀다. 내 몸속을 떠돌던 불안과 염증이라는 '양이온'이, 발바닥을 통해 땅이 품은 거대한 치유의 에너지인 '음이온'과 만나는 시간.

"땅아, 내 아픔을 좀 가져가다오."
"그리고 네 생명력을 조금만 나눠다오."

30분간 흙을 밟고 나면, 발바닥은 흙투성이가 되었지만 머릿속을 짓누르던 먹구름은 거짓말처럼 사라졌다. 흙은 내 체중뿐만 아니라, 내가 감당하기 버거웠던 마음의 무게까지 묵묵히 받아 주었다.

정원의 독서–바람이 넘겨주는 페이지
〈D+60, 숲속의 도서관〉

맨발 걷기가 끝나면, 나는 텃밭 한구석에 놓인 나무 의자에 앉았다. 젖은 발을 수건으로 닦고, 따뜻한 차 한 잔과 한 권의 책을 펼쳤다. 병원에 있을 때는 글자 하나가 눈에 들어오지 않았다. 죽음에 대한 공포가 활자마저 밀어냈기 때문이다. 하지만 이곳은 달랐다. 나뭇잎 사이로 부서져 내리는 아침 햇살을 조명 삼아, 새소리를 배경음악 삼아 읽는 책은 달콤했다.

그때 읽었던 「월든」의 구절들은 활자가 아니라 숲의 목소리처럼 들렸다. 가끔 바람이 불어 책장이 제멋대로 넘어가면, 나는 그 페이지부터 다시 읽었다. '자연이 읽으라는 곳부터 읽으라는 뜻이겠지.' 병원에서는 차트의 수치만이 내 몸을 설명했지만, 정원에서는 책 속의 지혜가 내 영혼을 설명해 주었다.

흙을 밟으며 몸의 감각을 깨우고, 책을 읽으며 무너진 마음의 기둥을 세우던 그 아침들. 그 고요한 시간들이 층층이 쌓여, 나는 비로소 '환자'라는 껍질을 깨고 다시 '단단한 사람'으로 여물어 갈 수 있었다.

여름–치열함과 성장, 나는 다시 나를 통제한다^(6~8월)

〈D+85, 태양을 삼키다〉

여름의 텃밭은 전쟁터처럼 치열했다. 잡초는 무섭게 자랐고, 작물들은 태양 아래서 경쟁하듯 몸집을 불렸다. 나 역시 매일 땀을 흘리며 그 생명력과 싸우고 또 동화되었다. 어느 무더운 오후, 밭에서 일하다 잘 익은 토마토 하나를 따서 옷에 쓱쓱 문질러 베어 물었다. 뜨거운 태양 볕을 그대로 머금은 토마토의 붉은 과육이 목구멍을 넘어가는 순간, 마치 수혈을 받는 것 같은 뜨거운 에너지가 돌았다. 그해 여름, 내 몸은 텃밭의 작물들처럼 뜨거웠고 단단해졌다.

그렇게 몸이 단단해지자, 마음도 용기를 냈다. 수술 후 내 속옷 안에는 늘 낯선 물건이 자리 잡고 있었다. '요실금 패드.' 그것은 내 의지와 상관없이 흐르는 몸의 약함을 받아 내는, 고마우면서도 치욕스러운 방패였다. 기침 한 번 마음 놓고 하지 못하게 만들던 그 존재.

100일째 되던 날 아침, 나는 떨리는 마음으로 패드 없이 속옷을 입었다. 그리고 하루를 보냈다. 저녁이 되어 옷을 갈아입을 때 확인한 보송보송한 속옷. 그 순간 울컥, 뜨거운 것이 올라왔다. 그것은 위생의 문제가 아니었다.

"나는 다시 내 몸을 통제할 수 있다."

이것은 존엄의 선언이었다. 나는 쓰레기통에 패드를 던져 넣으며 비로소 진짜 여름을 맞이했다. 물론 늘 강하기만한 건 아니었다. 폭염에 축 늘어진 상추를 보며 내 몸의 한계를 보기도 했다. 하지만 정원은 '멈춤' 또한 성장의 과정임을 가르쳐 주었다. 나 또한 조급함을 내려놓고 내 몸의 속도를 기다려 주기로 했다.

⟨치유텃밭의 변화⟩ 시듦과 버팀 사이

장마가 지나고 폭염이 닥치자 텃밭은 아수라장이 되었다. 꼿꼿하던 옥수수 잎은 더위에 지쳐 축 늘어졌고, 잡초는 하루가 다르게 밭을 점령했다. 처음엔 늘어진 작물을 보며 조바심을 냈다. "이러다 다 죽는 거 아냐?" 하지만 저녁이 되어 해가 지자, 죽은 듯 늘어졌던 잎사귀들이 물을 머금고 다시 바짝 고개를 들었다. 식물들은 죽어 가는 게 아니라, 뜨거운 태양을 견디기 위해 잠시 몸을 낮추고 버티는 중이었다.

<**몸의 변화**> **땀구멍의 개방과 통제권 회복**

봄의 회복이 '깨어남'이었다면, 여름의 회복은 '단단해짐'이었다. 텃밭에서 낫질을 하며 병상이 아닌 흙 위에서 비로소 '진짜 땀'을 흘렸다. 식은땀이 아니라 노동의 땀이었다. 근육이 붙으면서 요실금 패드를 떼어 냈다. 더위에 지쳐 현기증이 날 때면 텃밭의 작물처럼 그늘에 주저앉아 숨을 고르기도 했다. "힘들면 잠시 시들어도 괜찮다. 다시 일어날 힘만 있다면." 여름 텃밭은 내게 내 몸을 믿고 기다리는 법을 가르쳐 주었다.

가을—결실과 효능감^(9~11월)

찬바람이 불기 시작하자 몸은 더욱 단단해졌다. 봄에는 나 하나 건사하기 버거웠지만, 가을이 되자 타인을 향해 에너지를 뻗을 여유가 생겼다.

〈D+161, 다시 가장으로〉

올해 추석은 내게 회복의 정점이었다. 수술 후 얼마간 나는 식탁에 앉아 차려진 '환자식'을 받아먹는 존재였다. 미안함이 소금처럼 절여진 밥상이었다. 하지만 이번엔 달랐다. 새벽 4시, 모두가 잠든 사이 나는 조용히 부엌 불을 켰다. 핏물을 뺀 갈비를 냄비에 담고 불을 올렸다. 여섯 시간 동안 불 조절을 하며 기름을 걷어 냈다. 전복과 표고버섯, 가평의 밤을 넣고 끓인 갈비찜 뚜껑을 열었을 때 피어오른 하얀 김 속에, 가족들의 환한 얼굴이 겹쳐 보였다.

"이제 됐다. 나, 다시 가장으로 돌아왔구나."

가족들이 내 요리를 맛있게 먹는 모습을 보며 나는 약보다 더 강력한 치유제를 삼켰다. 그것은 '효능감'이었다.

가을이 깊어 가던 어느 날, 몸에 이상 신호가 왔다. 무리한 일정 탓인지 입안이 바짝바짝 마르고 속에서 열이 치밀어 올랐다. 물을 마셔도 갈증이 가시지 않았다. 본능적으로 텃밭으로 향했다. 서리를 맞고 단단해진 가을 무 하나를 힘껏 뽑았다. 툭 하고 갈라지는 뽀얀 속살. 나는 그 자리에서 무를 깎아 한 입 베어 물었다. 시원하고 알싸한 무의 채즙이 메마른 입안을 적시고, 뜨거웠던 속을 차분하게 식혀 주었다. 약국에서 산 해열제로도 잡히지 않던 갈증이, 흙에서 막 건져 올린 무 한 조각에 씻은 듯이 사라졌다. 그 순간, 나는 전율했다.

"이것이 치유농업이구나."

단순히 농작물을 기르는 것이 아니라, 자연이 가진 생명력을 빌려 인간의 무너진 균형을 되찾는 일. 내가 머리로만 공부했던 이론이 내 몸의 감각으로 증명되는 순간이었다. 내가 훗날 누군가에게 치유농업을 권한다면, 바로 이 '가을 무'의 기억 때문일 것이다. 흙은 의사였고, 밥상은 수술대였으며, 제철 작물은 가장 강력한 처방전이었다.

〈치유텃밭의 변화〉 흙이 내어 준 선물

가을 무를 뽑던 날, 흙의 무게감이 양손에 전해졌다. 씨앗일 때는 한 줌도 안 되던 것이, 흙 속에서 어둠을 견디더니 제법 묵직한 팔뚝만한 무가 되어 나왔다. 보라색 가지, 붉은 고추, 뽀얀 무. 텃밭은 마치 나에게 "고생했다."고 상장을 수여하듯 총천연색 수확물을 안겨 주었다. 내가 해 준 것이라곤 물 주고 기다린 것뿐인데, 흙은 몇 배의 풍요로 되돌려 주었다.

〈몸의 변화〉 '환자'에서 '생활인'으로

가을이 되자 몸에 '힘'이 붙는 것을 넘어 '여유'가 생겼다. 수확한 작물로 부엌에서 칼질을 하고 불을 다루는 시간이 늘어났다. 누군가의 부축을 받던 내가, 이제는 무거운 무를 나르고 가족을 위해 요리를 한다. "나도 이제 쓸모 있는 사람이구나." 텃밭의 수확물이 창고에 쌓일수록, 내 마음속엔 '자존감'과 '효능감'이라는 수확물이 차곡차곡 쌓였다.

겨울—쉼과 그리고 순환의 약속^(12~1월)

겨울이 오자 텃밭은 고요해졌다. 하지만 그 고요는 죽음이 아니었다. 갑자기 기온이 뚝 떨어진다는 예보를 들은 날, 나는 장롱 깊숙한 곳에서 쓰지 않는 헌 이불을 꺼냈다. 촌스러운 꽃무늬가 그려진 솜이불이었다. 보통이라면 검은 비닐이나 부직포를 씌웠겠지만, 나는 밭으로 나가 웅크린 배추들 위로 그 이불을 덮어 주었다. 차가운 비닐 막 대신, 사람의 냄새가 밴 솜이불을 덮어 주며 귀퉁이를 꾹꾹 눌러 주었다.

"춥지 않지? 며칠만 더 견뎌다오."

밭 한가운데 뜬금없이 펼쳐진 꽃무늬 이불. 남들이 보면 웃을지 몰라도, 내게는 그 어떤 최첨단 온실보다 따뜻한 풍경이었다. 생명은 기술이 아니라 온기로 지키는 것임을, 배추들이 가르쳐 주었다.

〈D+246, 2026년 새해 아침, 빈 밭에서 배운 기다림〉

2026년의 첫 해가 밝았다. 모든 수확이 끝난 겨울 텃밭은 텅 비어 있었다. 예전의 나였다면 저 빈 땅을 보며 불안해했을 것이다. '뭐라도 심어야 하지 않을까, 시간을 낭비하는 건 아닐까.' 하지만 이제는 안다. 저 텅 빈 침묵은 죽음이 아니라, 다음 봄을 위해 땅이 고르고 있는 깊은 숨이라는 것을. 흙도 쉬어야 다시 생명을 품을 수 있다.

나의 몸도 마찬가지였다. 수술 후 쉼 없이 달려온 나에게 겨울 텃

밭은 조용히 말을 건넸다.

새해를 맞이하는 의식으로 나는 마당에 작은 불을 피웠다. 타닥타닥 타오르는 불길 속에 지난 한 해 동안 나를 옭아매던 조급함과 두려움, 그리고 병마의 기억들을 던져 넣었다. 불꽃은 묵은 감정들을 태우며 허공으로 사라졌고, 자리에는 하얀 재만 남았다. 나는 그 따뜻한 재를 텃밭의 흙 위로 뿌려 주었다.

재는 흙으로 돌아갔고, 흙은 그 재를 품었다. 지난해의 아픔조차 버려지지 않고, 2026년의 새 봄을 피워 낼 귀한 거름이 될 것이다.

〈치유텃밭의 변화〉 아픔을 잘라 내는 가지치기

앙상해진 과일나무 앞에 섰다. 전지가위를 들고 웃자란 가지(도장지)와 서로 엉켜 햇빛을 가리는 가지들을 과감하게 잘라 내었다. "툭, 툭." 가지를 자를 때마다 나무가 아파하는 것 같아 망설여지기도 했지만, 농부는 안다. 이 아픔을 견디고 불필요한 가지를 덜어 내야 내년에 더 크고 단단한 열매를 맺을 수 있다는 것을. 텅 빈 가지 사이로 겨울 햇살이 더 깊숙이 들어왔다.

〈몸의 변화〉 내 몸의 가지치기

나의 겨울도 그러했다. 수술은 내 몸의 '가지치기'였다. 병든 부위

를 도려내는 것은 고통스러웠지만, 그로 인해 내 몸은 생명력을 집중해야 할 곳이 어디인지를 분명히 알게 되었다. 나무가 가지를 비우고 햇살을 받아들이듯, 나 또한 '사회적 직함'과 '욕심'이라는 웃자란 가지들을 쳐내고, 그 빈자리에 평온한 휴식을 채워 넣었다. 겨울의 전지는 상실이 아니라, 더 건강한 봄을 위한 결단이었다.

텃밭의 1년은 내 몸의 회복 과정과 완벽하게 겹쳐 있었다. 나는 자연의 시계에 맞춰 먹고, 일하고, 쉬었을 뿐인데 몸은 스스로 길을 찾아 돌아왔다.

이 사계절의 기록을 닫으며 나는 비로소 깨닫는다. 내가 흙을 돌본 것이 아니었다. 흙이 나를 돌보고 있었다. 이 분명한 진실 앞에서, 나는 이제 나의 회복 이야기를 하나의 철학으로 정리하려 한다.

생명의 순환—나의 겨울이 너의 봄이 되기를

암 진단을 받고 수술을 기다리던 그해 겨울, 춥고 어두운 터널 속에서 한 줄기 빛처럼 새로운 생명이 찾아왔다. 나의 첫 손자가 태어난 것이다.

아이를 처음 품에 안았을 때의 그 기묘한 전율을 잊을 수 없다. 내 팔뚝에는 수액 주사 바늘 자국이 선명했고 피부는 병색으로 거칠어져 있었지만, 품에 안긴 아이의 살결은 갓 쪄낸 찐빵처럼 보드랍고 따뜻했다.

처음엔 그 대비가 묘한 서글픔으로 다가왔다. 내 생명력이 아이에게로 옮겨 가고, 나는 이제 무대 뒤로 퇴장해야 할 시간인 것만 같아 두려웠다. 하지만 텃밭의 흙을 만지며 그 생각은 완전히 바뀌었다.

겨울 텃밭을 보라. 지난가을 무성했던 잎들은 땅에 떨어져 낙엽이 되고, 흙 속의 미생물에게 분해되어 검은 퇴비가 된다. 그 썩어 가는 잎들이 사라지는 것이 아니다. 그것들은 땅의 기운이 되어, 이듬해 봄 흙을 뚫고 올라올 새싹의 젖줄이 된다. 낙엽이 없으면 새순도 없다. 죽음과 탄생, 늙음과 자람은 서로 등 돌린 반대말이 아니라, 하나의 끈으로 이어진 생명의 순환이었다.

나는 비로소 안도했다. 내가 늙고 병드는 것은 소멸이 아니라, 내 손자가 자라날 토양(거름)이 되어 가는 과정임을 깨달았기 때문이다. 나의 아버지가 기꺼이 썩어 나라는 싹을 틔우셨듯, 이제 나 또한 기쁜 마음으로 이 아이를 위한 단단한 흙이 되어 주리라.

아이의 맑은 눈동자를 들여다보며 나는 약속했다.

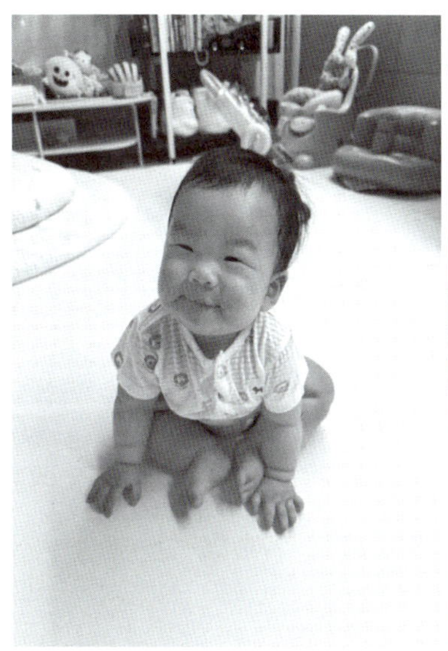

"아가야, 할아버지가 튼튼한 흙이 되어 줄게. 너는 그 위에서 마음껏 뿌리내리고, 나보다 더 크고 아름다운 꽃을 피우렴."

나의 겨울은 너의 봄을 위한 준비였다. 이것이 흙이 나에게 가르쳐준, 인간의 가장 아름다운 순환이었다.

마지막 경고
-멈추지 못한 삶의 관성

돌이켜 보면, 몸은 일관되게 신호를 보내고 있었다. 그것은 어느 날 갑자기 닥친 불운이 아니라, 암 진단을 전후해 올 한 해 동안 일어난 일련의 집요한 경고였다.

수술 전-멈추지 못한 속도

신호는 수술 전부터 이미 시작되고 있었다. 암 진단을 받고 마음이 한창 복잡하던 시기, 나는 익숙한 거실에서 유리창을 보지 못하고 이마를 세게 부딪쳤다. 짧은 통증보다 당혹감이 먼저였다. 가장 안전하다고 믿었던 집에서조차 나는 앞을 보지 못했다. 마음이 현실보다 한참 앞서 달려가고 있었기 때문이다.

도로 위에서도 마찬가지였다. 신호 대기 중 택배 오토바이가 내 차의 뒤 범퍼를 쳤을 때, 나는 내가 가해자인 줄 알고 심장이 덜컥 내려앉았다. 가만히 서 있다가 받혔음에도 내 탓이라 여길 만큼, 당시 내 신경은 팽팽하게 날이 서 있었던 것이다.

그때 멈췄어야 했다. 하지만 나는 수술 날짜가 잡히기 전까지, 브레이크가 고장이 난 기관차처럼 내 몸보다 마음이 한참 앞서 달려가고 있었기 때문이다.

회복의 시간–몸과 마음의 엇박자

수술 후, 계절이 바뀌고 몸은 천천히 힘을 되찾았다. 겉으로 보기에 체력은 어느 정도 돌아왔고, 일상은 평온을 되찾은 듯했다. 하지만 사고는 바로 그 지점, '몸은 나았지만 마음은 아직 안정되지 않은' 틈을 파고들었다.

세차장에서 닦고 있던 내 차를 향해 뒤차가 급발진으로 돌진해 온 아찔한 사고. 만약 내가 트렁크 뒤에 서 있었다면 생과 사는 종이 한 장 차이로 갈렸을 것이다. 등줄기에 서늘한 공포가 스치고 지나갔다. 하지만 기이하게도 나는 그 순간조차 생존의 경각심을 온전히 느끼지 못했다. 몸은 죽음의 문턱을 스쳤는데, 마음은 마치 남의 일을 보듯 현실과 유리되어 멍해져 있었던 것이다.

결정타는 가장 평화로워야 할 산책길에서 날아왔다. 체력이 회복되어 가벼운 운동을 하러 간 마을길, 운동기구 배관에 감긴 철사에 머리를 찔려 몇 바늘을 꿰매야 했다. 피가 흐르는 이마를 잡고 병원으로 향하며 나는 헛웃음을 지었다.

몸은 회복되었으나 마음은 여전히 성과와 책임감을 향해 달리고 있던 '부조화의 시간'. 잇따른 사고들은 그 엇박자가 만들어 낸 파열음이었다.

최근의 결단–진정한 내려놓음

그리고 최근, 몸 상태가 거의 정상 궤도에 돌아온 지금에서야 나는 비로소 결단을 내렸다. 그동안 터진 사고들이 "제발 멈추라!"는 흙과 정원의 호소였음을 이제는 온전히 받아들인다. 몸이 건강해졌다고 해서 예전의 삶으로 복귀하는 것이 아니라, 건강해진 몸을 지키기 위해 삶의 방식을 바꿔야 한다는 것을 깨달았기 때문이다.

나는 오랫동안 해 오던 '농촌융복합산업 현장전문가' 활동을 내려놓았다. 타인의 성과를 긴장 속에 평가해야 하는 그 자리는, 이제 막 균형을 찾은 내 삶에 맞지 않는 옷이었다. 7년여 동안 이어 온 '청년농업인 서류 심사 및 면접 평가위원' 활동도 그만두었다. 미래를 짊어질 청년들을 만나는 일은 가슴 뛰는 일이지만, 누군가를 판단하는 '심판관'의 자리는 내려놓기로 했다.

대신 나는 '말하는 자리'에서 내려와 '배우는 자리'로 돌아가기로 했다. 다 안다고 생각했던 치유농업 세미나에 학생처럼 앉아 귀를 기울이고, 평가표 대신 호미를 들고 가평 PCC와 GCC 현장을 지키기로 했다. 체력이 돌아온 지금, 그 힘을 남을 평가하는 데 쓰지 않고, 서로를 살리는 관계를 맺는 데 쓰기로 한 것이다.

나이가 든다는 것, 그리고 진짜 회복한다는 것은 더 많은 역할을 해내는 것이 아니라, 나에게 맞지 않는 역할을 과감히 덜어 내는 일이었다. 겨울의 텃밭이 다음 봄을 위해 땅을 비워 두듯, 나 역시 내 안의 '전문가'라는 타이틀을 비워 낸다. 그래야 그 빈자리에 진짜 생명이, 그리고 평안이 깃들 수 있으니까.

나의 치유 편지-같은 길을 걷는 당신께

안녕하세요.
이 글을 읽고 있는 당신께 마음을 다해 편지를 보냅니다.

저도 그 길을 걸었습니다.
그 길 위에서 때로는 절망했고,
때로는 아주 작은 희망 하나에 의지해 하루를 버텼습니다.
그러나 시간이 지나, 이제는 조용히 이렇게 말할 수 있습니다.

괜찮아집니다. 그리고 괜찮아져도 됩니다.

조급해하지 않아도 됩니다.
당신에게는 오직 당신만의 회복의 시간이 있습니다.

그 시간은 반드시,
당신의 속도대로 흘러갈 것입니다.

지금 나는 정원의 향기 속에서 살아갑니다.
작은 새싹 하나에도 위로받으며,
예전보다 느리지만 훨씬 단단한 걸음으로 하루를 엽니다.

그런 시간이 머지않아 당신에게도 찾아오길 바랍니다.
몸이 회복되고, 마음이 숨 쉴 수 있는
당신만의 작은 쉼터를 만나길 바랍니다.

그리고 무엇보다 기억해 주세요.
이 길 위에 당신은 혼자가 아닙니다.
나 또한 같은 길을 걷고 있습니다.

당신의 회복과 평안을 진심으로 응원합니다.

—치유의 길 위에서,
당신과 같은 길을 걷는 한 사람 드림.

흙이 완성한 회복의 철학

아침 공기가 차고 맑다. 잔디 끝에는 서리가 내려앉고, 정원의 흙은 겨울을 품은 듯 단단해졌다. 봄부터 함께 자라던 채소들이 떠난 자리엔 고요한 숨결만 남았다. 나의 몸도 이 정원처럼 조용히 숨을 고른다. 통증은 사라지고, 마음은 흙처럼 단단해졌다.

돌이켜 보면, 역설적이게도 암이라는 혹독한 시련은 내가 그토록 찾아 헤매던 '치유농업의 완성'을 몸으로 증명할 수 있게 해 준 마지막 부름이었다. 병상 위에서 나는 처음으로 '제대로 된 집'의 의미를 깨달았다.

정원은 나에게 "치유는 특별한 일이 아니라, 일상의 실천이다."라는 사실을 보여 주었다. 그리고 사계절의 순환을 통해 나는 '회복의 시간표'를 배웠다. 결국 질병과의 싸움은, 머리로만 이해하던 철학을 온몸으로 품게 한 삶의 수련이었다.

나는 더 이상 치유농업을 '전하는 사람'이 아니라, 그 힘을 몸으로 '증명하는 사람'이 되었다. 부서진 몸의 밭을 다시 갈고, 이제는 타인의 밭을 함께 일굴 준비가 되었다. 그것이 회복이 내게 남긴 마지막 선물이었다.

흙을 통한 나의 회복은 곧 마을로 번져 갔다. 정원에서 흙을 만지던 손끝의 감각은 공동체를 그리는 구체적 상상으로 변했다. 질병을 이겨 낸 몸의 언어가 마을을 살리는 철학의 언어로 확장되었다. 그 경험은 흙과 사람, 자연과 마음을 잇는 퍼머컬처 커뮤니티 케어 팜 '가평 PCC'의 씨앗이 되었고, 그 씨앗은 다시 '가평 GCC', 사람과 땅이 함께 회복하는 협동조합으로 자라났다.

이제 나는 안다

이 회복일지와 치유정원일기는 단순한 병상의 기록이 아니라, 한 마을의 미래를 잉태한 탄생의 일기였다. 흙 위를 한 걸음 내딛는 발자국, 감사히 마신 한 모금의 물, 은은히 피워 낸 허브 향 하나하나가 모두 공동체의 청사진이었다. 오늘 나는 회복일지와 치유정원일기를 마무리한다.

그러나 이 끝은 마침표가 아니다. 흙이 겨울을 품어 봄을 준비하듯, 나의 치유 또한 또 다른 시작을 품고 있다. 이제 나는 '회복하는 사람'을 넘어, '함께 치유하는 사람'으로 살아가고자 한다.

오늘도 나는 천천히 흙 위를 걷는다

그 숨결 하나, 발자국 하나가 또 다른 생명의 문이 되기를 바라며. 그리고 길의 끝에서 나는 확신한다. 이 정원의 회복이 곧 마을의 회복으로 이어질 것이다. 아버지가 마지막에 돌아가고 싶어 하셨던 그 '집'을 내가 이제 가평의 흙 위에 짓고 있다. 그것이 PCC이고 GCC다.

<h1 style="text-align:center">제7장
퍼머컬처, 자연과 사람을 잇는 디자인</h1>

암 수술 후의 회복기 동안 나는 매일 스스로에게 물었다.

"이제, 어떻게 살아야 할까?"

그 물음 앞에서 내가 선택할 수 있었던 유일한 길은 '회복의 길을 스스로 살아 내는 것'이었다. 그리고 그 길의 시작은 멀리 있지 않았다. 내가 머물던 용인의 작은 정원, 그곳의 흙과 바람, 그리고 새벽의 이슬 속에 있었다.

매일 아침 잔디 위를 맨발로 걸으며 느낀 차가운 흙의 감촉, 조심스레 심은 씨앗에서 새순이 돋아나는 장면은 내 몸이 다시 살아 있음을 알려 주는 가장 확실한 증거였다. 그 시간들은 단순한 원예나 노동이 아니었다. 몸과 마음을 되살리는 치유의 의식, 다시 '살아 있음'을 배우는 배움의 과정이었다.

그러나 어느 순간 또 다른 물음이 생겼다.

"이 회복의 기적을 나만의 이야기로 끝내지 않으려면 어떻게 해야 할까?”

“이 과정을 어떻게 지속 가능하게 만들고, 다른 이들과 나눌 수 있을까?”

나는 오랫동안 농업 현장에서 같은 악순환을 보아 왔다. ‘일할수록 몸이 망가지고, 땅은 메말라 간다.’는 현실. 땀과 노동이 풍요를 보장하지 못하는 구조 속에서 인간의 회복과 농업의 지속 가능성을 동시에 품을 길은 없을까? 그 질문이 깊어질수록 한 단어가 내 삶에 운명처럼 스며들었다.

퍼머컬처(Permaculture)[1]

그것은 단순히 작물을 키우는 기술이 아니라, 사람과 땅, 생명과 생명이 서로를 살리는 구조를 설계하는 철학이었다. 그 순간, 내 안에서 외침이 터져 나왔다.

“아, 이거구나.”

퍼머컬처는 내가 몸으로 겪은 회복의 원리를 언어로 설명해 주었고, 우리가 오래도록 찾아 헤매던 ‘지속 가능한 치유농업’의 기초가 되었다. 그 철학의 핵심은 명확했다. ‘생산보다 순환을, 효율보다 관계를, 노동보다 디자인을 중시하는 삶.’ 자연을 지배하거나 정복하는

---

1) 퍼머컬처: Permanent(영속적인)+Agriculture(농업)의 합성어에서 시작되었으나, 현재는 Permanent+Culture(생활양식/문화)로 그 의미가 확장되었으며, 자연의 원리를 인간의 삶(농업, 주거, 커뮤니티)에 적용하여, ‘자연을 거스르지 않고(Against Nature) 자연과 함께(With Nature) 일하는 지속 가능한 디자인 시스템’을 말한다.

방식이 아니라, 이미 자연이 만들어 둔 질서 속에서 함께 살아가는 삶의 설계도였다. 숲이 스스로를 치유하듯, 땅은 돌봄을 통해 더 풍요로워지고, 사람은 그 순환 속에서 다시 살아난다.

그 철학을 내 삶에 적용하기 시작했을 때, 작은 정원은 더 이상 단순한 마당이 아니었다. 치유를 설계하는 실험실, 그리고 생명의 원리를 눈앞에서 배우는 살아 있는 학교가 되었다. 그리고 마침내 나는 깨달았다.

회복의 길은 혼자 걷는 길이 아니라, 자연과 함께 걷는 길이라는 것을. 퍼머컬처는 내 삶의 언어가 되었다. 그 언어를 통해 나는 땅과 대화했고, 땅은 나에게 새로운 생명의 질서를 가르쳐 주었다.

그날 이후, 내가 밟는 모든 길, 내가 설계하는 모든 공간, 내가 만나는 모든 사람 속에서 퍼머컬처의 원리가 숨 쉬기 시작했다. 그리고 나는 확신하게 되었다. 치유농업은 기술이 아니라, 인간과 자연이 함께 회복되는 디자인의 예술이라는 것을.

치유농업을 위한 나만의 언어를 찾다
–퍼머컬처라는 디자인

현장에서 만난 지혜로운 농부들은 '퍼머컬처'라는 말을 쓰지 않았다. 그러나 그들은 이미 그 철학을 몸으로 실천하고 있었다. 깻묵과 쌀겨로 흙을 살리고, 논의 경사를 거스르지 않으며 물길을 내고, 여러 작물을 함께 심어 해충과 병을 줄이는 그들의 방식 속에는 자연의 원리를 거스르지 않는 삶의 태도가 있었다.

퍼머컬처는 나에게 새로운 것을 '발명'하게 한 개념이 아니었다. 오히려 오래된 지혜를 '발견'하고, 그것을 체계적으로 이해하게 한 언어였다. 가장 큰 깨달음은 농업을 '노동'이 아닌 '디자인'의 시선으로 바라보게 된 것이었다. 과거의 나는 무성하게 자라는 잡초를 '이겨 내야 할 노동의 대상'으로 여겼다. 그러나 퍼머컬처의 눈으로 다시 나의 용인 텃밭을 바라보니 전혀 다른 질문이 떠올랐다.

"이 잡초가 자라는 이유는 무엇일까? 지금 이 땅은 내게 어떤 말을 걸고 있을까? 이 풀을 뽑아내기보다, 다른 작물을 위한 훌륭한 멀칭 자원으로 쓸 수는 없을까?"

시선이 바뀌자 노동은 관찰과 창의로 가득한 디자인 과정이 되었다. 땅과 내가 서로에게 말을 걸고 배우는 시간이었다.

그 무렵, 같은 문제의식을 가진 동료들과 함께 '치유농업 연구 모임'을 만들었다. 우리는 각자의 경험과 언어를 모아 하나의 이름을 세웠다. 그 이름은 단순한 Care Farm^(치유농장)이 아니었다. 퍼머컬처가 철학이 기술보다 앞서고, 생산보다 순환을, 노동보다 관계를 디자인하듯, 우리는 새로운 이름을 붙였다.

'Permaculture Community Carefarm', 줄여서 PCC.

이 이름에는 우리가 꿈꾸는 치유농장의 세 가지 축이 담겨 있다. 퍼머컬처(Permaculture), 커뮤니티(Community), 케어팜(Carefarm)—공간의 철학, 관계의 그물, 돌봄의 실천이 삼박자를 이루며 하나의 순환 구조를 형성한다.

Permaculture—공간의 철학, 땅이 사람을 가르치는 학교

퍼머컬처는 '지속가능한 농업(Permanent Agriculture)'에서 출발했지만, 결국 '지속가능한 문화(Permanent Culture)'를 지향한다. 땅을 가꾸는 일은 단순히 먹을거리를 생산하는 행위가 아니라, 삶의 방식을 디자인하는 일이다.

　내가 꿈꾸는 농장은 '노동의 현장'이 아니라 '배움의 공간'이다. 물 길과 햇빛, 바람 그리고 미생물의 움직임까지를 읽어 내며, 사람은 땅으로부터 배우고, 땅은 사람에게 응답한다. 그 안의 모든 행위는 관찰 → 디자인 → 실행 → 순환의 원을 따라 흐른다.

　퍼머컬처는 결국 "우리는 어떻게 살아야 하는가?"라는 물음에 대한 철학적 대답이다. 이 철학은 밭의 형태와 작물의 배치, 건물의 위치와 사람의 동선까지 농장의 모든 구조 속에 스며든다.

　이제 나는 한 걸음 더 나아가, 퍼머컬처가 'Permanent Culture'를 넘어 'Permanent Platform'으로 발전하길 꿈꾼다. 지속 가능한 플랫폼이란, 사람과 사람, 사람과 자연, 지역과 세계를 잇는 살아 있는 순환의 구조를 의미한다. 누구나 이 플랫폼 위에서 서로의 지식과 경험, 땀과 이야기를 나누며 배우고, 그 배움이 다시 공동체의 자양분이 되는 곳. 그것이 내가 바라보는 퍼머컬처의 궁극적 형태이며, 땅이 내게 속삭이는 '지속의 언어'를 세상과 함께 나누는 방식이다.

Community−관계의 그물, 사람과 사람이 이어지는 마을

　퍼머컬처가 공간의 철학이라면, 커뮤니티는 그 철학이 사람의 관계로 확장되는 장이다. 나는 치유농장을 개인의 실험실로 두고 싶지 않다. 그것은 언제나 '함께'의 형태로 존재해야 한다.

거점농장을 중심으로 지역의 치유농가, 도시의 전문가, 마을 주민, 귀농·귀촌인이 그물처럼 연결된다. 이들은 서로의 지식을 나누고, 노동을 돕고, 삶을 돌본다. 커뮤니티는 '소속'이 아니라 '참여'로 완성된다.

누군가는 밭을 일구고, 누군가는 프로그램을 운영하며, 누군가는 밥상을 차린다. 그 다양한 참여의 에너지가 모여 하나의 살아 있는 생태계를 만든다. 이 네트워크가 바로 내가 말하는 퍼머컬처 커뮤니티다. 자연의 다양성이 생태계를 건강하게 하듯, 사람의 다양성이 공동체를 단단하게 만든다.

Carefarm—돌봄의 실천, 치유가 자라는 밭

케어팜은 이 모든 철학과 관계가 구체적인 서비스로 피어나는 꽃이다. '돌봄의 농업'은 병든 몸을 낫게 하는 치료가 아니라, 지친 마음을 위로하고 잃어버린 관계를 회복시키는 삶의 치유를 지향한다. 도시의 사람들은 이곳에서 흙을 만지며 자연과 재회하고, 노년의 주민들은 함께 밭을 가꾸며 외로움을 덜어낸다. 아이들은 채소를 심으며 생명의 순환을 배우고, 청년들은 일의 의미를 다시 찾는다.

이곳에서 농업은 단순한 생산이 아니라 관계의 예술이 된다. 그 속에서 사람은 자신을 돌보고, 서로를 돌보며, 마침내 자연과 공존하는 법을 배운다. 케어팜은 하나의 서비스가 아니라 '함께 살아가는 방식'이다. 그 순환의 끝에는 '치유된 개인'이 아니라 '함께 회복된 공동체'가 서 있다.

  퍼머컬처^(공간)–커뮤니티^(관계)–케어팜^(실천), 이 세 축이 맞물릴 때 치유농장은 하나의 생명체처럼 스스로 호흡하며 자라난다. 그 안에서 나는 이제 농부가 아니라 디자이너이자 동행자, 그리고 '삶의 순환을 실천하는 사람'으로 서게 된다.

퍼머컬처가 보여 준 삶의 새로운 질서

농업의 현실 앞에서 삼켜야 했던 절망이, 퍼머컬처를 만나면서 조금씩 희망의 언어로 번역되기 시작했다. 퍼머컬처의 교과서는 멀리 있지 않았다. 그것은 바로 '숲'이었다. 숲길을 걸어 보라. 발밑에는 부드러운 낙엽이 층층이 쌓여 있고, 쓰러진 고목 위에는 초록 이끼가 양탄자처럼 번져 새로운 생명의 집을 만들어 낸다. 누구의 손길도 닿지 않았지만, 자연은 스스로 치유하며 영속적인 풍요를 이룬다.

퍼머컬처는 바로 그 숲의 지혜를 인간의 농장과 생활공간으로 옮기는 일이었다. 그리고 그 철학이 내 회복의 여정과 겹쳐졌을 때, 나는 놀라운 깨달음을 얻었다. 퍼머컬처 기반의 치유농장은 단순한 재배의 공간이 아니라, 삶이 스스로를 치유하는 무대였다. 그곳에는 억지로 자라나는 작물이 아니라, 자신의 관계 속에서 성장하는 생명의 역동성이 존재했다. 그리고 그 역동성은 치유 프로그램의 '대상자'들에게 언어로 설명할 수 없는 방식으로 말을 걸었다.

이론은 말한다.
"원예치유는 참가자의 정서적 안정을 돕는다."

나는 그것을 몸으로 경험했다. 암 수술 후 불안과 무기력에 잠겨 있던 내가 손수 심은 모종이 뿌리를 내리는 순간을 보며 내 몸에도 회복의 힘이 살아 있음을 믿게 되었다.

이론은 또 말한다.
"오감 자극은 인지 기능 향상에 도움이 된다."

그 또한 나는 직접 느꼈다. 회복기 어느 날, 맨발로 밟은 차갑고 촉촉한 흙의 감촉, 병실의 소독약 냄새에 무뎌졌던 세포들이 하나씩 깨어나는 듯한 전율—그것이 진정한 감각의 회복이었다.

그리고 이론은 말한다.
"생명의 순환을 배우는 경험은 아이들의 생태 감수성을 높인다."

나는 그것 또한 밭에서 목격했다. 손끝에 느껴지는 지렁이의 미묘한 움직임, 내가 버린 음식물 찌꺼기를 먹고 흙을 비옥하게 만들어 다시 내 식탁의 채소로 돌아오는 그 작은 순환의 기적이었다.

그때 나는 깨달았다. 치유란 거창한 기적이 아니라 이미 매일의 흙 속에서 일어나고 있는 생명의 대화임을. 이렇듯 퍼머컬처 기반의 케어팜은 고된 노동의 현장이 아니라 사람과 자연이 서로를 돌보는 '삶의 농사터'다. 한 사람의 치유가 또 다른 사람에게로, 그리고 마을과 생태계로 이어지는 선순환의 장이다.

퍼머컬처는 내게, "지속 가능한 미래는 새로운 기술이 아니라 새로운 삶의 질서를 회복하는 데 있다."라고 가르쳐 주었다. 숲이 스스로를 치유하듯, 사람 또한 자연과의 관계 속에서 다시 살아난다. 그것이 내가 몸으로 배우고, 흙으로 확인한 삶의 새로운 질서, 퍼머컬처가 보여 준 치유의 철학이었다.

흙으로 짓는 치유의 공간
-나의 첫 번째 PCC, 용인 실험실

철학은 땅에 뿌리내릴 때 비로소 생명이 된다. 나는 거창한 부지를 찾아 헤매기보다, 내가 살고 있는 용인의 작은 집과 텃밭을 첫 번째 실험실로 삼기로 했다. 이곳은 이론이 현실이 되고, 비전이 삶으로 증명되는 나의 첫 번째 PCC^(퍼머컬처 커뮤니티 케어팜)였다.

퍼머컬처의 다섯 구역-작은 정원에 담긴 삶의 지도

퍼머컬처는 공간을 단순히 기능적으로 나누지 않는다. 그 안에는 '나'라는 중심에서 시작해 자연으로 뻗어 나가는 삶의 흐름과 관계의 깊이가 담겨 있다. 용인의 작은 정원은 어느새 퍼머컬처의 다섯 구역^(Zone 0~5)으로 나뉘어 살아 움직이기 시작했다.

〈Zone 0-집, 이야기와 치유의 베이스캠프〉

이곳은 모든 에너지의 중심이다. 주방의 작은 테이블 위에는 언제나 텃밭에서 갓 따온 허브차 향이 감돌았고, 동료들과 마주 앉아 나눈 대화는 단순한 회의가 아니라 삶을 나누는 '스토리 카페'였다.

〈Zone 1—공감의 정원, 순환과 배려를 심다〉

문을 열고 슬리퍼를 신은 채 나갈 수 있는 가장 가까운 마당. 이곳에는 나의 철학을 보여 주는 두 가지 특별한 정원이 있다.

첫 번째는 '키홀 가든(Keyhole Garden)'이다. 열쇠 구멍처럼 생긴 이 텃밭의 한가운데에는 '퇴비통'이 있다. 요리하고 남은 채소 껍질을 이곳에 넣으면, 미생물과 지렁이가 분해해 검은 흙으로 되돌린다. 그 영양분으로 바로 옆의 바질과 파슬리, 상추가 자란다. "버려지는 것은 없다. 단지 제자리를 찾지 못했을 뿐." 매일 아침, 내가 버린 것이 다시 생명이 되어 식탁으로 돌아오는 이 '순환의 기적'을 목격하며 나는 내 몸의 회복 또한 자연스러운 흐름임을 확신했다.

두 번째는 '높임 화단(Raised Bed)'이다. 허리를 굽히기 힘든 어르신이나 휠체어를 탄 이들도 편안하게 흙을 만질 수 있도록, 화단의 높이를 허리춤까지 올렸다. 장애가 흙을 만지고 싶은 본능을 가로막지 않도록 배려하는 것. 이것이 바로 우리가 꿈꾸는 '모두를 위한 디자인(Design for All)'이다.

〈Zone 2 & 3—공유의 들판, 경쟁 대신 공존을 배우다〉

조금 더 안쪽으로 들어가면 과실수와 채소밭이 어우러진 '만다라 정원(Mandala Garden)'이 펼쳐진다. 네모난 밭에 한 가지 작물만 심는 것이 아니라, 둥근 원형의 밭에 다양한 작물이 어깨를 맞대고 자란다.

이곳에는 '동반식물(Companion Planting)'이라는 아름다운 질서가 있다. 토마토 곁에는 바질을 심어 향기로 해충을 쫓고, 밭 어귀에는 한련화를 심어 진딧물을 유인해 다른 작물을 지킨다. 뿌리채소 옆에는 메리골드를 심어 땅속 병해충을 막는다. "나를 희생해 너를 지킨다."

식물들이 보여 주는 이 숭고한 공존의 원리 앞에서 나는 배웠다. 경쟁하지 않아도 풍요로울 수 있다는 것을, 혼자가 아니라 함께일 때 더 건강하게 자란다는 것을.

〈Zone 4 & 5-침묵의 숲, 나를 만나는 길〉

정원의 가장자리, 인간의 손길을 최소화한 야생의 숲이다. 새벽마다 맨발로 그 길을 걸으며 나는 하루의 숨을 고르고 마음을 비웠다. 바람 소리와 발바닥에 닿는 흙의 감촉만이 존재하는 이곳은, 자연이 나를 치유하는 침묵의 성소였다.

Zone 0에서 피어난 대화가 Zone 1의 실험으로 이어지고, Zone 2·3의 공존이 Zone 4·5의 고요 속에서 완성된다. 이 순환은 하나의 디자인이자, 내가 꿈꾸는 삶이었다. 용인의 작은 정원에서 시작된 이 실험은 이제 가평이라는 더 큰 숲으로 옮겨 갈 준비를 마쳤다. 한 개인의 회복에서 시작된 이야기가 공동체의 재생으로 확장되는 길, 그것이 내가 흙 위에 그리는 퍼머컬처의 청사진이다.

제8장
흙 위의 공동체, 나이 듦의 새 모델

　암 수술에서 회복하던 시절, 가끔 손님들이 내 용인 정원을 찾곤 했다. 그들은 흙을 만지고, 함께 땀을 흘리고, 직접 수확한 채소로 간단한 식사를 나눈 후 돌아가며 한결같이 이렇게 말했다.

　"당신 덕분에, 나도 다시 살아날 것 같아요."

　그때 나는 깨달았다. 내 회복이 어느새 이웃의 위로가 되고 있었다는 사실을. 흙과 바람, 햇살과의 관계 속에서 일어나는 이 놀라운 과정은 결코 나만의 기적이 아니었다. 이건 모두가 함께 경험해야 할 삶의 치유 과정이었다.

　그 순간, 내 정원은 더 이상 개인의 정원이 아니었다. 그것은 사회에 던지는 질문의 공간이 되었다.

　"이 치유의 경험을 더 많은 사람들과 어떻게 나눌 수 있을까?"

　그 물음이 나를 '연구자'에서 '실천가'로, 그리고 '실천가'에서 '공동체를 짓는 사람'으로 바꾸어 놓았다. 이제 나의 여정은 나 혼자의 이야기를 넘어 모두의 미래를 향한 이야기로 확장되고 있었다.

　이 지점에서 나는 내가 꿈꾸는 두 가지 핵심 개념, 즉 PCC^(Permaculture Community Carefarm, 퍼머컬처 기반 공동체 치유농장)과 가평 GCC^(Green Care Community, 가평녹색치유공동체)의 관계를 먼저 설명해야 할 것 같다. 이는 앞으로 나의 여정을 함께 걸어갈 독자들을 위한 작은 지도인 셈이다.

　'퍼머컬처 커뮤니티 케어팜^(PCC)'은 내가 용인의 정원에서 몸으로 길러 낸 하나의 잘 다듬어진 씨앗이었다. 그 속에는 사람과 자연이 서로를 살리는 작은 우주가 들어 있었다. 그것은 내가 직접 경험하고, 검증한 치유농장의 구체적 모델이었다.

　하지만 한 알의 씨앗으로는 숲을 만들 수 없다. 그래서 나는 같은 꿈을 꾸는 여러 개의 씨앗^(PCC)을 가평의 땅 여기저기에 심기로 했다. 그리고 그 씨앗들이 서로 연결되어 결국 울창한 숲을 이루는 것, 그것이 내가 꿈꾸는 가평 그린케어 커뮤니티^(GCC)다.

　즉, PCC가 개별 농장의 모델이라면, GCC는 그들이 함께 자라나는 네트워크이자, 우리가 함께 만들어 갈 가평의 미래이다. "한 알의 씨앗은 세상을 바꾸지 못하지만, 여러 씨앗이 모여 이루는 숲은 생태계를 바꾸고 미래를 만든다." 이제 우리는 그 숲을 돌보는 이야기, 곧 가평형 치유 공동체의 탄생을 시작하려 한다.

나이 듦을 새롭게 정의하다
-쇠퇴에서 순환으로

'나이듦'이란 무엇일까. 암을 진단받고 차가운 병상에 누워 있을 때, 시간은 내 의지와 상관없이 멈춰 버렸고 그때 '나이듦'은 나에게 두려움의 단어, 즉 '쇠퇴'와 '상실'을 뜻했다.

퇴직이라는 사회적 타임테이블에 따라 하나둘씩 물러서고, 몸의 기능은 예전 같지 않으며, 결국 고요한 퇴장의 시간으로 끝이 나는 것. 그것이 내가 알던 노년의 풍경이었다.

많은 이들이 진심 어린 위로로 말했다. "이제는 마음 편히 쉬어야지요." 아마도 그것이 세상의 자연스러운 이치일지도 모른다. 하지만 나는 조용히 웃으며 이렇게 대답하고 싶었다.

"그래서 농장을 시작합니다. 언젠가 누워 쉬어야 할 그날이 오기 전까지, 오늘 하루만이라도 서서 살고 싶습니다."

흙 위에서 다시 배운 삶의 계절

나는 흙을 만지며 다시 배웠다. 자연은 결코 직선으로 흐르지 않는 다는 것을. 봄에는 뿌리를 내리고, 여름에는 자라며, 가을에는 열매 를 맺고, 겨울에는 멈추어 숨을 고른다. 나의 삶도 그랬다.

나는 그 겨울이 끝이 아니라는 걸 알았다. 겨울은 사라짐의 계절 이 아니라, 다음 생명을 위한 에너지를 땅속 깊이 저장하는 계절이 었다.

그때 나는 배웠다. 나이듦이란 쇠퇴가 아니라 순환의 시간이라는 것을. 몸의 에너지가 줄어드는 대신, 삶의 지혜가 깊어지고, 관계의 온도가 더욱 따뜻해지는 시기. 노화는 약해지는 과정이 아니라 서로 의 온기로 다시 강해지는 시간이었다.

치유농장에서 다시 사는 노년

이제 나는 믿는다. 치유농장은 노년을 견디는 곳이 아니라, 노년을 다시 살아 내는 곳이다. 흙 위에서 우리는 다시 배운다. 몸이 불편해 도 손끝으로 생명을 느낄 수 있고, 마음이 외로워도 누군가와 함께

땀을 흘릴 수 있다는 것을. 나이듦은 더 이상 멈춤이 아니라, 삶을
다시 순환시키는 새로운 시작이다.

 나는 더 이상 나이듦을 두려워하지 않는다. 이제 나는 사회가 정
해 준 시간이 아니라, 내가 스스로 만든 시간 속에서 나이 들기로
했다. 이 모든 여정을 가장 정확하게 표현하는 문장은 결국 이것 하
나였다.

"나는 치유농장에서 나이 들기로 했다."

혼자가 아닌, 서로를 잇는 다리
-PCC의 탄생

회복은 흙에서 시작되고, 공동체로 확장된다. 내가 흙 위에서 이룬 회복은 결코 나 혼자만의 성취가 아니었다. 전립선암 수술 이후, 낯선 몸과 마주한 채 고립된 시간을 버티던 나에게 용인의 작은 정원은 세상과 다시 연결되는 유일한 창이었다.

처음에는 오직 나 자신을 살리기 위한 일이었다. 흙과의 대화, 씨앗과의 약속, 물 주기와 관찰의 반복. 그렇게 나 자신을 위로하던 어느 날, 문득 고개를 들고 깨달았다.

"이 정원에 나 혼자 있지 않았구나!"

정원 일을 도와주던 마을 어르신, 함께 풀을 베며 소소한 이야기를 나누던 청년, 직접 따 온 허브로 차를 끓이며 눈시울을 붉히던 이웃. 그들은 어느새 내 곁에 있었다. 내 회복은 어느새 마을의 생기를 되살리고 있었고, 마을의 따뜻함은 다시 내 몸과 마음을 살려 냈다. 그 때 알았다.

한 사람의 회복이 또 다른 이의 희망으로 이어진다. 그래서 내가 꿈꾸는 '노년의 공간'은 외딴 요양원이 아니라, 자연과 함께 호흡하 며 서로의 온기를 나누는 열린 공동체의 집이어야 했다.

용인의 다섯 구역, 배려의 공간으로 다시 태어나다

용인에서 구상했던 퍼머컬처의 다섯 구역(Zone 0~5)은 이제 가평의 PCC(퍼머컬처 커뮤니티 케어팜) 안에서 더 깊은 '배려의 공간'으로 구체화 되었다. 그것은 단순한 농장의 배치가 아니라, 몸이 불편한 이도, 마 음이 다친 이도 소외되지 않도록 설계된 '치유의 지도'다.

〈Zone 0 & 1−치유정원: 몸의 한계를 넘어서는 흙의 식탁〉

가장 먼저 마주하는 곳은 '무장애(Barrier-Free) 치유텃밭'이다. 이곳 은 휠체어를 탄 어르신도, 무릎이 아픈 이웃도 편안하게 다가설 수 있는 공간이다. 단순히 몸이 편한 것을 넘어, '나는 아직 할 수 있 다.'는 마음을 지켜 주는 배려의 공간이다. 허리를 깊이 숙이지 않아 도 흙을 만질 수 있는 '높임 화단(Raised Bed)'은 단순한 편의 시설이 아니다. 몸이 늙어도 여전히 무언가를 돌볼 수 있다는 '효능감'을 지 켜 주는 장치다. 휠체어가 자유롭게 오가고, 어르신들은 편안한 눈

높이에서 허브 향을 맡으며 잊고 있던 감각을 깨운다.

부엌 가까운 곳에는 '키홀 가든(Keyhole Garden)'이 자리 잡는다. 열쇠 구멍처럼 생긴 이 텃밭의 중앙에는 퇴비통이 있어, 우리가 먹고 남은 음식물이 다시 작물의 영양분이 되는 과정을 눈으로 보여 준다. "버려지는 것은 없다. 모두가 다시 생명이 된다." 이 작은 정원은 우리에게 삶의 순환을 조용히 가르친다.

〈Zone 2—공유의 들판: 다양성이 피어나는 만다라〉

마을 주민과 조합원들이 함께 경작하는 공동 텃밭은 '만다라 정원(Mandala Garden)'의 형태를 띤다. 네모난 밭에 한 가지 작물만 줄지어 심는 관행농업이 아니라, 둥근 원형의 밭에 잎채소, 뿌리채소, 콩과 식물이 서로 어우러져 자란다. 서로 다른 작물들이 병충해를 막아 주고 성장을 돕는 모습을 보며, 도시에서 은퇴한 이들은 경쟁이 아닌 공존의 지혜를 배운다.

〈Zone 3—배움과 실천의 장〉

이곳은 '인생 2막 실천 디자인 스쿨'이 열리는 공간이다. 실내 교육센터와 야외 데크가 자연스럽게 연결되어, 이론으로 배운 치유농업을 곧바로 흙 위에서 실천한다. 정원 가꾸기, 로컬푸드 요리, 마을살이 기술을 익히며 사람들은 '소비하는 삶'에서 '생산하는 삶'으로 전환한다.

<Zone 4 & 5-침묵의 숲: 나를 만나는 시간>

마을 뒤편, 소나무 숲으로 이어지는 길은 고요한 회복의 공간이다. 나선형으로 굽이도는 '스파이럴 허브 정원(Spiral Herb Garden)'을 천천히 걷다 보면, 복잡했던 마음의 타래가 풀린다. 숲속 깊은 곳, 나무 그늘 아래 마련된 명상 데크에 앉아 바람 소리를 듣는다. 이곳은 노년의 성찰과 청년의 사유가 만나는, 가장 깊은 치유의 숲이다.

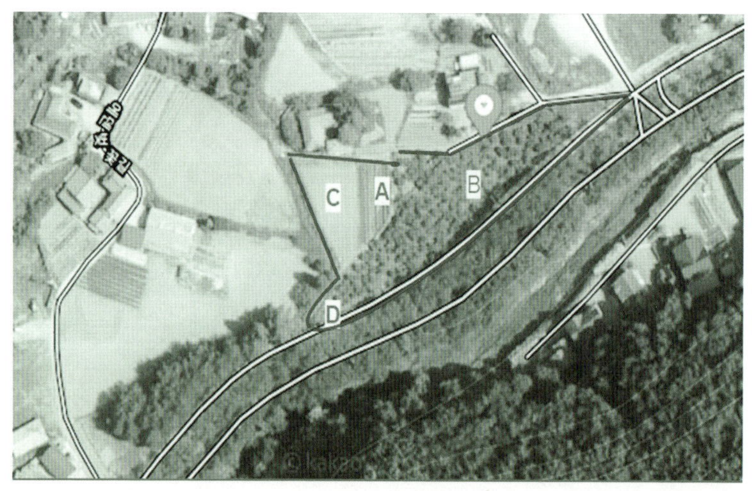

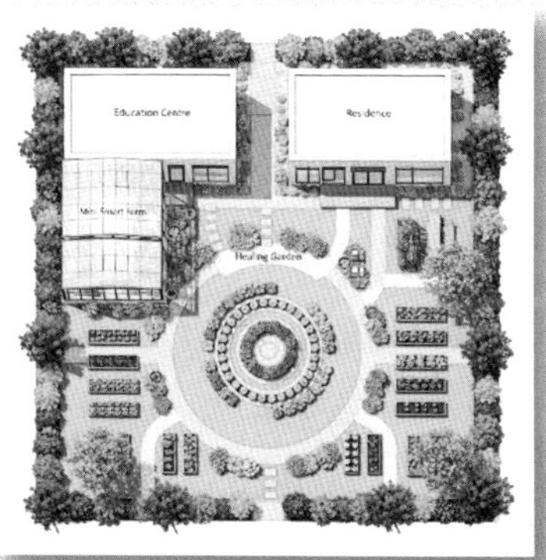

Education Centre
Residence
Mini-Smart Farm
Healing Garden

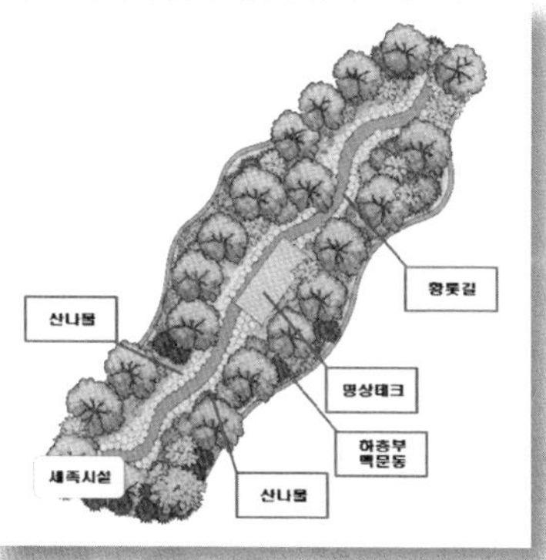

산나물
황톳길
명상데크
해송부
백운동
새족시설
산나물

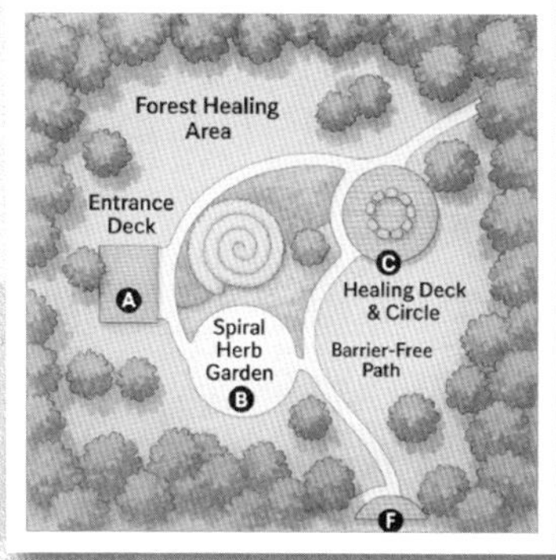

Forest Healing Area
Entrance Deck
Spiral Herb Garden
Healing Deck & Circle
Barrier-Free Path
A
B
C
F

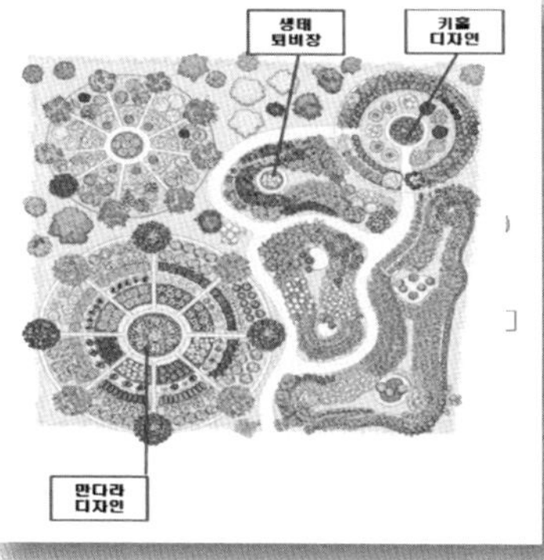

생태 퇴비장
키홀 디자인
만다라 디자인

이 모든 공간에는 높은 문턱도, 굳게 닫힌 울타리도 없다. 휠체어 바퀴가 걸리지 않는 평탄한 길, 누구나 쉴 수 있는 그늘막 벤치, 그리고 서로의 안부를 묻는 사람들. 이 공간들이 하나로 연결될 때, PCC는 단순한 농장을 넘어 개인의 삶이 공동체로 순환하고 확장되는 '따뜻한 구조'가 된다.

하루의 풍경, PCC에서 피어나는 공존의 장면

아침 햇살이 정원을 가득 채운다. 초기 치매를 앓는 할머니가 휠체어 높이에 맞춰 조성된 상자텃밭에서 손끝으로 흙을 어루만진다. 평생 익숙했던 손놀림으로 흙을 고르고 모종을 심으며, 잊고 있던 '살아 있음'을 되찾는다. 옆에서 유치원 아이들이 흙을 만지고, 그 웃음소리에 할머니의 얼굴에도 오랜만에 미소가 번진다.

점심 무렵, 도시에서 은퇴한 교사가 퇴비를 뒤집는다. 경쟁과 효율 속에서 살아온 그는 이제 자연의 질서와 순환을 배우며 마음을 달랜다. 오후에 열리는 '인생 2막 실천디자인스쿨'에서 명예 강사로서 새로운 길을 찾는 후배들에게 이렇게 말한다.

"정원을 가꾼다는 건 결국 사람을 돌보는 일입니다."

저녁이 되면 공동부엌이 분주해진다. 막 수확한 채소로 샐러드를 만들고, 매실나무 그늘 벤치에서는 어르신들이 감자를 깎는다. 젊은 부부는 커다란 솥에 밥을 지으며 서로의 하루를 묻는다. 그 모습을 바라보는 것만으로도 마을에는 깊은 평화가 깃든다.

여기에는 높은 문턱도, 굳게 닫힌 울타리도 없다. 누구나 드나들며 서로의 존재를 채워 주는 곳, 그곳이 바로 내가 꿈꾸는 치유농장이다.

이 마을의 중심에는 언제나 고향을 묵묵히 지켜 온 사람들이 있다. 젊은 시절 도시로 떠난 내가 다시 뿌리내릴 수 있었던 건, 그들이 흙과 마을을 지켜 주었기 때문이다. 농한기에도 밭을 돌보고, 어르신의 안부를 챙기며, 마을 행사를 이끌던 이웃들. 그들의 손길이 있었기에 마을의 불빛은 꺼지지 않았다. 이제 그들이 이 농장의 핵심 주체로 서 있다.

그들은 땅과 계절을 아는 지혜로 젊은 세대를 가르치고, 은퇴한 도시의 전문가들은 재능기부로 힘을 보탠다. 피 한 방울 섞이지 않아도, 서로의 끼니를 걱정하고 삶을 나누며 우리는 새로운 가족이 된다.

이 농장은 단순히 작물을 기르는 곳이 아니라, 세대가 함께 배우고 자라는 학교이자, 서로의 부족함을 채우며 성장하는 공동체다.

이제 나는 확신한다. 노년은 외로움의 섬이 아니라, 사람과 사람을 잇는 다리가 될 수 있다. 퍼머컬처 커뮤니티 케어팜은 그 다리를 설계하는 '삶의 구조'다.

　이곳에서 사람은 흙을 통해 서로 연결되고, 자연과의 관계 속에서 다시 살아난다. 여기서 늙는다는 것은 두려움이 아니라, 서로의 온기 속에서 완성되는 '공유된 성숙'이다. 나는 오늘도 이 흙 위에서 다짐한다.

　"나는 혼자가 아니다. 그리고 나의 늙음은 더 이상 외롭지 않다."

점들을 이어 면으로
-치유농장의 네트워크를 잇다, 가평 GCC

용인의 작은 정원에서 시작된 실험이 이제 가평의 숲과 마을, 그리고 사람들 속으로 퍼져 나가고 있다. 처음엔 오직 나 자신의 회복을 위해 흙을 만졌지만, 어느새 그 흙 위에서 누군가의 삶이 바뀌고, 마을이 다시 숨 쉬기 시작했다. 그리고 그 변화의 한가운데에는 언제나 한 가지 질문이 있었다.

"내가 회복하며 얻은 이 힘을, 어떻게 나눌 수 있을까?"

한 알의 씨앗이 숲이 되기까지

용인의 정원은 내 생명을 구한 작은 학교였다. 그러나 그곳에서 배운 회복의 언어를 나 혼자 간직할 수는 없었다. 나누고 싶었다. 그래서 아버지의 기억이 머물고, 어린 시절의 강과 산이 숨 쉬는 고향 가평으로 돌아왔다.

그 땅 위에서 나는 새로운 실험을 시작했다. 이름하여 '가평 GCC(Green Care Community) 협동조합'. 이것은 내 꿈이 확장된 숲이자, 가평의 농부와 전문가들이 함께 만드는 구체적인 '마을기업'이다. 우리는 흩어져 있던 가평의 보석 같은 자원들—흙과 숲, 음식과 별, 사람과 기술—을 하나의 '치유로드'로 꿰어 내기로 했다.

혼자서는 농장이지만, 함께하면 마을 전체가 '지붕 없는 치유센터'가 된다. 우리는 이 연결을 '가평 흙·밥·별 치유로드'라는 이름의 여정으로 만들었다. 이것은 방문객에게는 여행이지만, 우리에게는 서로의 안부를 묻고 일거리를 나누는 '협업의 약속'이다.

흙을 만지고, 빵을 굽고, 별을 헤아리는 하루
상상해 보라. 가평에서의 하루가 어떻게 치유로 채워지는지를.

오후 2시, 여정은 나의 농장 '가평 PCC'에서 시작된다. 방문객들은 신발을 벗고 텃밭의 흙을 맨발로 밟으며 대지의 위로를 받는다. 손끝으로 허브를 수확하며 잃어버린 감각을 깨운다. 이것은 '흙(Soil)'의 치유다.

오후 3시 30분, 우리는 수확한 허브를 들고 이웃한 '화덕 베이커리'로 이동한다. 타닥타닥 장작이 타오르는 화덕 앞에서, 내가 딴 허브를 올려 향긋한 빵과 별 모양 쿠키를 굽는다. 빵이 부풀어 오르는 냄새 속에서 마음의 허기까지 채워진다. 이것은 '빵(Bread)'의 치유다.

저녁 6시, 해가 뉘엿뉘엿 질 무렵에는 '전통 치유음식 농장'으로 향한다. 가평의 햇살과 바람이 키운 제철 나물, 그리고 전통 장으로 차려낸 '우주를 담은 밥상'을 마주한다. 자극적인 도시의 맛 대신, 속을 편안하게 달래 주는 자연의 맛이 몸속으로 스며든다. 이것은 '밥(Rice)'의 치유다.

밤 8시, 어둠이 짙게 내리면 우리는 '별만세 천문대'에 눕는다. 도시에서는 볼 수 없었던 쏟아지는 별들을 마주하며, 낮에 화덕에서 구운 쿠키와 따뜻한 허브차를 나눈다. 광활한 우주 앞에서 나의 아픔은 먼지처럼 작아지고, 그 빈자리에 고요한 평화가 깃든다. 이것이 바로 '별(Star)'의 치유다.

방문객에게는 낭만적인 하루였겠지만, 우리에게는 서로의 삶을 지탱하는 고단하지만 충만한 삶의 의식이었다. '흙을 만지고, 빵을 굽고, 별을 헤아리는 하루', 이 여정 속에서 나의 농장(PCC)은 베이스캠프가 되고, 한지 공방과 천문대는 각자의 색깔을 가진 정거장이 된다.

농부가 빵 굽는 이를 돕고, 빵 굽는 이가 별 보는 이를 응원하는 이 단단한 연결. 덕분에 마을은 더 이상 적막한 섬이 아니라, 서로의 뿌리를 감싸 안는 거대한 '치유의 숲'이 되었다.

함께 만드는 생태계

이 농장과 마을을 하나로 잇는 이름, "마을기업 가평 GCC 협동조합". 처음엔 행정적 형식처럼 들렸지만 곧 깨달았다. 이것은 제도의 이름이 아니라, 서로 돌보는 관계의 또 다른 이름이었다. 누군가는 프로그램을 만들고, 누군가는 빵을 굽고, 누군가는 하루를 기록한다. 모두가 자기 몫을 했고, 모두가 함께 주인이 되었다.

그 안에서 나는 또 하나의 진리를 배웠다. 공동체는 제도나 사업에서 태어나지 않는다. 삶을 대하는 태도에서 시작된다. 이제 가평 GCC는 단순한 농장들의 모임이 아니다. 사람과 땅, 도시와 농촌, 세대와 세대를 잇는 살아 있는 생명의 네트워크다. 나는 그 숲길을 걸으며 종종 중얼거린다.

"씨앗은 혼자 자라지 않는다.
씨앗이 만나야 숲이 되고,
숲이 사람을 다시 살린다."

그 숲이 내가 꿈꾸는 가평의 미래이며, 함께 늙어 가는 치유 공동체다. 그리고 나는 오늘도 그 길 위에서 다짐한다.

"나는 병상 위가 아니라 흙 위에서,
혼자가 아니라 함께 늙어 가기로 했다."

병상이 아니라 흙 위에서

나는 인생의 마지막을 차가운 병실의 하얀 침대 위에서 보내고 싶지 않다. 암과 싸우던 그날, 회복실에서 눈을 떴을 때 느꼈던 극도의 고립감, 기계음과 뒤섞인 차가운 공기, 그리고 그때의 두려움이 아직도 생생하다. 그날 나는 결심했다.

마지막 순간까지 나는 기계의 냉기 대신 사람의 온기 속에서, 병상 대신 흙 위에서 내 삶을 마치고 싶다.

나의 바람이 우리의 모델이 되다

처음에 '병상이 아니라 흙 위에서 삶을 마주하고 싶다.'는 바람은 나 하나의 소망이었다. 그러나 흙을 만지며 이웃을 만나고, 그들과 함께 땀을 흘리며 나는 깨달았다. 이것은 나만의 꿈이 아니라, 우리 시대 모두가 함께 꾸어야 할 가장 절실한 희망이라는 것을.

그래서 나의 농장은 개인의 안식처에 머물러서는 안 되었다. 우리가 존엄하게 함께 늙어 가기 위해서는, 이 꿈을 지탱할 '단단한 현실의 구조'가 필요했다.

그 해답을 우리는 '마을기업 가평 GCC 협동조합'에서 찾았다. 이 이름은 단순한 행정적인 명칭이 아니다. "우리의 치유를 우리의 땅으로 지키겠다."는 선언이자, 막연한 봉사가 아니라 '스스로 벌어서 지속하는 경제적 공동체'가 되겠다는 약속이다.

지속 가능한 치유를 위한 경제적 자립

우리는 증명하고 싶다. 치유농업이 은퇴자의 소일거리나 보조금에 기대는 복지가 아니라, 지역의 어르신을 돌보고, 장애인에게 일자리를 주며, 청년들이 돌아와 일할 수 있는 '지속 가능한 산업'이 될 수 있음을.

우리가 만드는 '치유로드 투어'와 '치유 도시락', 그리고 '반려 식물 키트'는 단순한 상품이 아니다. 그것은 우리가 이 땅에서 계속 살아가게 하는 자양분이자, 도시와 농촌을 잇는 끈이다. 농장이 경제적으로 자립할 때, 우리의 돌봄은 시혜나 봉사가 아니라 당당한 일상이 된다. 자식에게 손 벌리지 않고, 국가에만 기대지 않고, 내 땀으로 내 이웃을 돌보는 것. 이것이야말로 내가 지키고 싶은 마지막 자존심이자 '공동체의 존엄'이다.

　어린 시절, 폭우 속에서도 주저 없이 거친 물속으로 뛰어들던 아버지의 모습을 보며 '책임'이라는 단어를 배웠듯, 이제 나는 나의 회복 경험을 이웃과 나누는 실천으로 그 책임을 이어 가려 한다. 가장 개인적인 바람이 사회가 가장 절실히 필요로 하는 대안이 될 수 있다는 믿음. 그 믿음이 나를 여기까지 이끌었다.

　나는 지금 병상 위가 아니라 흙 위에 서 있다. 그리고 우리는 혼자가 아니라, 서로의 땀으로 서로를 지키는 가평 GCC라는 숲속에서 존엄하게 함께 늙어 가기로 했다. 이것이 나의 선택이자, 우리가 함께 만든 가평의 새로운 미래다.

제9장
가평의 미래, 치유농업을 넘어 치유산업으로
-사람, 마을, 자연을 다시 연결하는 ELIS 모델-

가평의 바람은 늘 묻는다.

"이제 어디로 가려는가?"

암 수술 이후 다시 흙 위에 섰을 때, 나는 깨달았다. 내 몸의 회복은 이 땅의 회복과 닮아 있었다. 모든 생명은 상처받는다. 그러나 동시에 모든 생명은 다시 회복한다. 그것이 자연의 법칙이며, 우리가 살아가는 삶의 근본 원리다.

흙 위에서 보낸 나의 회복 시간은 더 이상 개인의 이야기가 아니었다. 함께 흙을 일구던 마을 어르신들의 주름진 손, 눈물 속에서도 허브차를 나누며 웃던 이웃의 얼굴이 속삭였다.

"당신이 회복하면, 우리도 함께 살아난다."

그때 나는 알았다. 한 사람의 회복이 공동체의 회복으로 이어지고,

공동체의 회복은 결국 이 땅의 회복으로 확장된다는 것을. 이제 나의 여정은 '치유농장에서의 삶'을 넘어, '치유의 철학으로 지역을 되살리는 길'로 나아가고 있다.

　내가 지금부터 써 내려갈 이야기는 한 개인의 회복이 어떻게 지역의 미래로 자라나는가에 대한 기록이다. 그 이야기는 우리가 마주한 세 개의 벽에서 시작된다.

〈사람, 마을, 자연을 다시 연결하는 ELIS 모델〉
E(Ecology): 생태가 살아 숨 쉬고
L(Life): 삶의 리듬이 회복되며
I(Integration): 돌봄과 일자리가 통합되고
S(Sustainability): 청년과 노년이 이어지는 지속 가능한 구조

세 개의 거대한 벽 앞에 서다

어린 시절, 나는 가평의 강과 들을 따라 걸으며 자랐다. 산과 강은 여전히 눈부시게 아름답지만, 어느 날부터인가 익숙한 풍경 뒤로 낯선 그림자가 드리워지기 시작했다. 텅 빈 마을길, 굳게 닫힌 대문, 그리고 홀로 천천히 걷는 노인의 발걸음….

땅은 여전히 푸르렀지만, 그 위에 사는 사람들의 마음은 점점 메말라 가고 있었다. 화려한 관광지의 불빛은 밤새 반짝이는데, 그 불빛 뒤편의 마을은 조금씩 생기를 잃고 사라져 가고 있었다.

이것은 단지 가평의 이야기가 아니었다. 지금 이 순간에도 한국의 수많은 농촌이 마주하고 있는 거대한 벽, 그 벽이 내 앞에 서 있었다.

첫 번째 벽—초고령사회, 관계의 단절
평생 흙을 지켜 온 농부의 굽은 손마디에는 삶의 궤적이 새겨져 있었지만, 그의 눈빛에는 깊은 외로움이 스며 있었다.

담담히 내뱉은 말 속에는 공동체의 비명이 숨어 있었다. 이웃을 부를 이름이 사라지고, 함께 밥을 나눌 식탁이 치워지고, 누군가를 기다리는 설렘도 사라진 현실. 마을회관 앞에 모이는 얼굴엔 세월의 주름만 깊어 가고, 아이들의 웃음소리 대신 빈집만이 풍경의 일부처럼 자리 잡았다. 그 조용한 절망, 사람 사이의 온기가 식어 가는 것이 바로 첫 번째 벽이었다.

두 번째 벽-기후위기, 병든 땅의 침묵

"사과꽃이 벌써 피었어요. 이러다 올해 수확은 글렀습니다."

농부의 목소리에는 지친 체념이 묻어 있었다. 예측할 수 없는 장마와 폭염, 예년보다 길어진 가뭄, 하루 만에 마을을 휩쓰는 집중호우. 땅은 더 이상 우리를 예전처럼 품어 주지 않았다.

화학비료와 농약에 길들여진 토양은 스스로 회복할 힘을 잃어가고 있었다. 땅이 병들자 그 위에 기대어 사는 사람들의 삶도 함께 흔들렸다. 생명의 근원인 흙이 숨을 멈추고 있다는 사실, 이것이 우리가 마주한 두 번째 벽이었다.

세 번째 벽—관광의 한계, 풍요 속의 빈곤

그리고 나는 또 하나의 벽을 보았다. 그것은 가장 화려하게 포장되어 있어 쉽게 보이지 않는 벽이었다. 바로 '관광이라는 이름의 착시'였다.

사람들은 가평을 '자연이 좋은 관광지'라 부른다. 주말이면 도로는 차들로 꽉 막히고, 캠핑장과 펜션은 사람들로 붐빈다. 하지만 이상하게도 마음 한편에는 설명하기 어려운 질문이 남는다.

"자원은 많은데, 왜 이곳에 사는 사람들의 삶은 점점 가벼워지는 것일까?"

관광은 사람이 머무는 산업이 아니라, 사람이 다녀가는 산업이었다. 방문객의 숫자는 늘었지만, 정작 이곳에서 뿌리내리고 살아가는 이웃은 줄어들었다. 주말의 소란스러움이 빠져나간 평일의 마을은 더욱 깊은 적막에 잠긴다. 소비하고 떠나는 관계는 마을에 아무것도 남기지 않는다. 그것은 지역의 활력이 아니라, 잠시 스쳐 가는 바람일 뿐이었다. 이것이 우리가 넘어야 할 세 번째 벽이다.

세 개를 다시 잇는 길

이처럼 우리는 세 개의 벽 앞에 서 있다. 사람이 떠나 관계가 끊긴 사회적 위기, 땅이 병들어 버린 생태적 위기, 그리고 겉은 화려하지만 속은 비어 가는 구조적 위기. 겉으로는 다른 문제처럼 보이지만 그 뿌리는 하나다.

사람과 사람의 관계가 끊기자 공동체가 병들었고, 사람과 땅의 관계가 끊기자 기후가 무너졌으며, 방문객과 주민의 관계가 끊기자 지역은 소비되는 상품으로 전락했다. 공동체, 생태계, 그리고 지역 경제가 따로 놀지 않고 다시 하나의 생명처럼 연결되는 길.

나는 그 답을 흙에서 찾았다. 이제 확실히 안다. 치유농장은 단순히 작물을 키우는 곳이 아니다. 사람과 자연의 관계를 다시 잇는 다리이자, 잃어버린 생명의 순환을 되살리는 우리 시대의 가장 인간다운 실천이다.

가평은 지금 그 다리 위에 서 있다. 치유농업을 넘어, 인간의 온기와 관계가 중심이 되는 '치유산업의 도시'로 나아가고 있다. 그 길의 출발점은 멀리 있지 않다. 그 미래는 이미 내가 매일 밟는 이 흙 속에서, 그리고 다시 살아난 내 몸속에서 자라고 있다.

"나는 치유농장에서 나이 들기로 했다. 그리고 그 길은 이제 나 혼자만의 이야기가 아니라, 우리 모두의 미래가 되었다."

벽 위의 다리
-생명경제와 치유농업

앞서 우리는 세 개의 거대한 벽을 이야기했다. 하나는 병든 땅이 만들어 낸 기후위기, 다른 하나는 관계를 잃은 사람들이 맞닥뜨린 초고령사회, 그리고 지역과 사람을 잇지 못하고 그저 소비하고 떠나버리는 '스쳐 가는 관광산업'이다. 겉으로 보기엔 전혀 다른 문제처럼 보이지만, 그 뿌리는 같다. 사람이 땅을 떠났고, 땅은 사람을 잃었다.

나는 오래도록 생각했다. 병든 땅이 만든 기후위기와 서로를 놓아버린 인간사회를 어떻게 다시 세울 수 있을까? 그 해답은 멀리 있지 않았다. 내가 매일 밟는 이 흙 속에 있었다.

숫자만 남은 세상

한때 우리는 '성장'이라는 이름 아래 모든 것을 계산하려 했다. 더 빠르게, 더 많이, 더 효율적으로. 그 속도와 효율의 논리 앞에서 흙은 무참히 짓밟혔다. 논과 밭은 생명을 품는 어머니가 아니라, 이윤을 짜내는 공장이자, 차가운 숫자만을 생산하는 시스템으로 전락해 버렸다. 흙은 숨을 멈추고, 물길은 막혔으며, 하늘은 제때 비를 내리지 않았다.

결과는 명확했다. 타오르는 여름, 제철을 잃은 봄꽃, 생기를 잃은 들판. 우리가 만든 것은 사람을 살리는 경제가 아니라 사람을 소모하는 경제였다.

그 차가운 질서는 사람들의 삶에도 스며들었다. 사람은 '인적 자원'이라 불렸고, 삶은 경쟁의 성적표로 평가되었다. 서로의 이름을 부르지 않게 되었고, 관계가 끊기며, 마을의 불빛이 하나둘 꺼졌다. 그렇게 우리는 '서로의 안녕'을 잊은 채 살아남기 위해 사는 존재가 되어 버렸다.

흙이 보여 준 또 하나의 길

그러나 흙은 언제나 조용히 다른 길을 보여 주고 있었다. 한 알의 씨앗이 땅에 떨어질 때, 그것은 결코 혼자 자라지 않는다. 햇빛과 바람, 물과 미생물, 벌과 곤충이 서로 돕고 얽히며 하나의 생명망을 만든다. 그 안에는 경쟁도, 서열도 없다. 오직 순환과 관계의 질서만이 있을 뿐이다.

이것이 바로 치유농업이 지향하는 세계, 즉 생명경제의 원리다. 이 세계에서는 생산보다 회복이, 이윤보다 관계가, 성장보다 순환이 더 큰 가치를 가진다. 퍼머컬처가 따르는 자연의 순리는 명확하다.

"땅에서 빌려 온 것은 다시 땅으로 돌려주는 것, 그것이 전부다."

이 문장은 단순한 농법이 아니라, 삶의 선언이었다. 나는 그 진리를 몸으로 배웠다. 전립선암 수술 이후, 나는 하얀 병실의 침대 위에서 완벽히 관리되는 환자였다. 모든 것은 수치와 데이터로 조정되고 있었다. 그러나 진짜 회복은 숫자 속에 있지 않았다.

어느 날, 나는 맨발로 젖은 흙을 밟았다. 비 온 뒤의 흙냄새는 생명의 숨결처럼 내 안을 깨웠다. 손끝으로 씨앗을 눌러 심고 며칠 후, 작은 싹이 돋았을 때 내 몸속에서도 무언가가 다시 자라기 시작했다. 약이 나를 살렸지만, 흙이 나를 되살렸다. 햇살의 따스함, 바람의 결, 내가 직접 기른 채소의 맛이 감각과 의지를 다시 깨웠다.

그때 나는 알았다. "농사는 돌봄이고, 돌봄은 치유이며, 치유는 다시 살아가게 하는 힘이다." 그 모든 과정은 몸의 재활을 넘어 삶 전체의 회복이었다.

땅과 사람을 잇는 다리

결국 답은 여기 있었다. 이제 나는 믿는다. 치유농업은 세 개의 벽을 잇는 다리다. 비료와 기계 대신 사람의 손과 퇴비로 땅을 돌보는 일은 병든 생태계를 회복시키는 가장 따뜻한 실천이다.

그 흙 위에서 고립된 노인은 아이에게 씨앗 심는 법을 가르치고, 도시에서 상처받은 사람은 흙을 만지며 다시 미소를 되찾는다. 그 장면들은 단순한 농사의 풍경이 아니라, 관계가 회복되는 인간의 풍경이다.

이 다리 위에서 땅은 사람을 살리고, 사람은 다시 땅을 살린다. 그때 비로소 깨닫는다.

"살아 있는 경제란 결국 서로를 살리는 관계의 예술이다."

오늘도 나는 가평의 흙 위에 서서 그 다리를 생각한다. 치유농업은 숫자나 제도가 아니라, 사람의 온기와 흙의 순환으로 기후위기와 초고령사회, 그리고 소멸해 가는 지역을 온전히 잇는 길이다. 그리고 우리가 그 다리를 건너는 순간, 우리는 다시 '살아 있는 세계'를 만난다.

"회복의 해답은 언제나 내 발 아래 흙 속에 있다. 그리고 그 흙은 인간의 마음을 닮아 있다."

꿈의 청사진
-내 몸의 회복이 그려 낸 가평의 미래

마취에서 깨어났을 때, 세상은 희미한 빛과 냄새로 덮여 있었다. 눈앞에서는 기계의 불빛이 깜박였고, 공기에는 차가운 소독약 냄새가 스며 있었다. 그러나 그 어떤 것도 안심이 되지 않았다. 몸은 납덩이처럼 무거웠고, 가장 견디기 힘든 것은 극도의 고립감이었다.

그때 문득 아버지의 마지막 말이 떠올랐다. "애야, 이제 집으로 가자." 그제야 그 말의 진정한 의미를 이해할 수 있었다. 사람이 마지막으로 돌아가고 싶은 곳은 병원의 침대가 아니라, 바람이 스며들고 사람의 온기가 느껴지는 흙의 집이었다. 그 깨달음이 내 인생의 새로운 청사진을 열었다.

"다시는 누구도 그 차가운 고립 속에 홀로 아프게 두지 말자."

그 다짐이 내가 꿈꾸는 가평의 미래, 그리고 내 몸의 회복과 함께 그려진 치유의 청사진의 출발점이 되었다. 이 간절한 마음을 현실의 땅 위에 구현하기 위해, 나는 세 개의 단단한 기둥을 세웠다. 그 첫 번째 고민은 바로 '공간'을 어떻게 정의할 것인가에서 시작되었다.

첫 번째 기둥—공간의 디자인: '거대한 센터'가 아닌 '살아 있는 마을의 연결'

지역의 미래를 그릴 때, 사람들은 흔히 압도적인 크기의 랜드마크를 먼저 떠올린다. 최첨단 시설을 갖춘 거대한 센터, 모든 기능이 집약된 웅장한 건물. 그것이 효율적이고 성과를 증명하기 쉽기 때문이다.

하지만 병상에서 돌아온 나는 안다. 아픈 몸을 이끌고 차를 타고 한참을 이동해야만 닿을 수 있는 치유는, 결국 또 하나의 '일'이 될 뿐이다. 진정한 치유는 큰 결심을 하고 떠나는 이벤트가 아니라, 문을 열면 마주하는 일상의 풍경이어야 한다.

그래서 내가 그리는 가평의 밑그림은 '분산형·연결형 구조'다. 나는 이것을 가평의 숲과 마을을 관통하는 ELIS^(엘리스) 모델이라 부르고 싶다.

E(Ecology): 생태가 살아 숨 쉬고

L(Life): 삶의 리듬이 회복되며

I(Integration): 돌봄과 일자리가 통합되고

S(Sustainability): 청년과 노년이 이어지는 지속 가능한 구조

이 철학 위에서 가평의 마을들은 저마다의 색깔을 가진 '작은 치유의 거점'이 된다. 북한강변의 어떤 마을은 명상과 요가의 공간이 되고, 잣나무 숲 아래 마을은 산림치유의 터전이 된다. 또 볕이 좋은 들판 마을은 치유농업과 건강한 먹거리를 생산하는 부엌이 된다.

하지만 이들이 각자도생하지 않고 유기적으로 움직이기 위해서는, 흩어진 점들을 하나로 잇는 구심점이 필요하다. 이 구조 안에서 '통합 웰니스 허브센터'는 사람을 가두는 거대한 병동이 아니다. 마치 우리 몸의 심장처럼, 흩어진 마을들에 활력을 불어넣고 서로를 연결하는 '공동의 사랑방'이다. 이곳은 누구나 외로움에 지칠 때 들어와 허브차 한잔을 마시며 온기를 나누는 아궁이이자, 각 마을로 사람을 안내하는 이정표가 될 것이다.

치유의 힘은 한곳에 모여 고립될 때가 아니라, 마을과 마을 사이로 흐를 때 강해진다. 거대한 콘크리트 건물 하나를 짓는 대신, 나는 가평의 40여 개 마을을 잇는 따뜻한 모세혈관을 살려 내고 싶다. 치유가 특정한 장소에 갇히지 않고, 가평이라는 땅 전체에 안개처럼 스며드는 것. 그것이 내가 꿈꾸는 공간의 디자인이다.

두 번째 기둥―경험의 디자인: '관광'을 넘어 '관계'로

가평을 떠올릴 때 사람들은 '관광지'를 생각한다. 주말이면 도로를 가득 메우는 자동차, 계곡과 펜션을 찾아오는 수많은 인파. 하지만 나는 묻고 싶다. 화려한 주말이 지나고 썰물처럼 사람들이 빠져나간 뒤, 마을에 남는 것은 무엇인가?

그동안 우리는 '더 많은 관광객'을 부르는 일에 몰두해 왔다. 하지만 "관광은 근본적으로 '방문'이고 '소비'다." 잠시 와서 풍경을 소비하고, 사진을 남기고, 쓰레기를 버리고 떠나는 일회성의 이벤트다. 그 짧은 스침 속에서 지역과 방문객 사이에 깊은 유대감이 싹트기는 어렵다. 방문객이 늘어날수록 통계상의 수치는 올라갈지 모르지만, 정작 이곳에 사는 주민들의 삶은 소외되고 마을의 적막함은 깊어진다.

그래서 내가 꿈꾸는 경험의 디자인은 명확하다. "관광은 소비이지만, 치유는 관계다." 우리는 이제 '잠시 들르는 관광객'이 아니라, '오래 머무는 이웃'을 맞이해야 한다.

소비되는 풍경에서, 스며드는 일상으로

이곳에서의 경험은 '구경'이 아니라 '참여'다. 은퇴한 도시 부부가 주말마다 내려와 단순히 고기를 구워 먹고 가는 것이 아니라, 직접 삽을 들고 텃밭을 일구며 흙의 감촉을 배운다. 도시의 속도에 지친 직장인은 펜션 방에 갇혀 있다 가는 것이 아니라, 마을 숲길을 매일 아침 걸으며 잃어버린 자신의 호흡과 리듬을 되찾는다.

이때 마을의 어르신들은 더 이상 관광객을 구경하는 구경꾼이나 서비스 제공자가 아니다. 그들은 흙을 다루는 법, 계절의 변화를 읽는 법을 알려 주는 '삶의 스승'이 된다. "이맘때는 감자를 심어야

해.” 무심코 건넨 어르신의 한마디에서 관계가 시작된다. 그 순간, 낯선 방문객은 ‘손님’에서 ‘제자’가 되고, 마침내 서로의 안부를 묻는 ‘이웃’이 된다.

식탁, 관계가 완성되는 곳

이 모든 경험이 하나로 모이는 곳은 바로 ‘식탁’이다. 내가 병상에서 일어나 다시 살 의지를 얻었던 것은, 화려한 보양식이 아니라, 텃밭에서 갓 뜯어낸 초록빛 잎사귀들의 생생한 숨결이었다.

내가 그리는 가평의 식탁은 식당에서 돈을 내고 사 먹는 ‘한 끼의 식사’가 아니다. 오전에 밭에서 함께 땀 흘려 수확한 채소로, 어르신과 청년과 방문객이 함께 밥상을 차리는 ‘공동의 부엌’이다. 갓 딴 상추를 씻고, 된장을 끓이며 나누는 대화 속에서 우리는 서로의 외로움을 확인하고 위로한다.

치유는 의사가 주는 약봉지 안에 있지 않다. “다음에 또 올게요, 어르신.” 이 짧은 약속 속에, 그리고 계절이 바뀌어 다시 만났을 때 반갑게 잡는 두 손의 온기 속에 진짜 치유가 있다.

우리의 경험 디자인은 결국 이 한 문장을 향해 간다. “사람을 스쳐 가게 하지 말고, 사람을 남게 하라.” 가평은 이제 소비되는 관광지를 넘어, 관계가 쌓이고 삶이 회복되는 ‘제2의 고향’이 되어야 한다.

세 번째 기둥—사람의 디자인: '전문가'와 '이웃'을 넘어 '세대 간의 구조적 결합'으로

결국 모든 변화를 완성하는 것은 사람이다. 하지만 단순히 "좋은 사람들이 모이면 된다."는 막연한 기대만으로는 지역을 지킬 수 없다. 우리는 이미 경험했다. 청년은 일자리가 없어 떠나고, 남겨진 중장년은 고립되는 이 쓸쓸한 악순환을.

그래서 내가 그리는 '사람의 디자인'은 단순한 어울림이 아니다. 그것은 청년과 중장년이 서로의 생존을 위해 손을 맞잡는 단단한 '구조적 결합'이다. 이것은 캠페인이 아니라, 지역을 지탱하는 버팀목을 세우는 일이다.

청년—보조자가 아닌, 변화를 설계하는 '기획가'

이 구조 속에서 청년은 더 이상 농촌의 일손을 돕는 보조 인력이 아니다. 그들은 치유농업의 현장을 기록하고, 새로운 프로그램을 기획하며, 가평의 가치를 외부 세상과 연결하는 '설계자'이자 '확성기'다. 젊은 감각으로 디지털 세상에 마을의 이야기를 띄우고, 닫혀 있던 마을의 문을 열어 새로운 사람들을 불러들이는 것. 그것이 청년만이 할 수 있는 역할이다. 그들에게 가평은 잠시 머무는 정거장이 아니라, 자신의 기획이 실현되는 기회의 땅이 되어야 한다.

중장년—대상자가 아닌, 현장을 지키는 '치유가'

반면, 중장년의 역할은 이 흐름이 끊기지 않도록 단단히 붙잡아 주는 것이다. 청년이 변화의 바람을 일으킨다면, 중장년은 그 바람에 뿌리가 뽑히지 않도록 중심을 잡는 '닻'이 되어야 한다. 오랜 세월 삶으로 체득한 지혜로 방문객의 마음을 어루만지고, 청년들의 낯선 시도가 마을에 자연스럽게 스며들도록 조율하는 것. 그들은 돌봄을 받는 수동적인 노인이 아니라, 마을의 리듬을 유지하는 주체이자 현장의 리더다.

가평 그린케어 커뮤니티^(GCC)−세대가 함께 일하는 '팀'

나는 이 두 세대가 한 팀으로 움직이는 모습을 꿈꾼다. 가평의 어느 치유농장, 중장년 농부는 흙의 온기를 전하며 방문객을 치유하고, 그 곁에서 청년 기획자는 그 치유의 과정을 콘텐츠로 만들어 세상과 소통한다. 중장년이 있어 현장은 안정되고, 청년이 있어 현장은 늙지 않는다. 서로가 서로에게 대체 불가능한 동료가 되는 것, 이것이 바로 내가 구상하는 '가평 그린케어 커뮤니티^(GCC)'의 핵심 동력이다.

세대의 통합은 "사이좋게 지내자!"는 구호로 완성되지 않는다. "네가 있어야 내가 살 수 있다!"는 절박함이 서로의 역할로 증명될 때, 비로소 세대는 이어진다. 청년의 활기와 중장년의 연륜이 톱니바퀴처럼 맞물려 돌아가는 이 구조야말로, 가평의 내일을 지탱할 가장 강력한 '사람의 디자인'이다. 인간 중심의 클러스터, 그리고 '사람의 디자인'이다.

내 몸의 회복이 그려 낸 미래의 설계도

이 모든 생각은 병상 끝에서 시작되었다. 죽음과 삶의 경계에서 내가 느낀 단 하나의 진실은 이것이었다.

그 생각은 병상 위에서 피어나 용인의 정원 흙 속에서 증명되었고, 이제는 가평의 마을과 산과 강 속에서 미래의 청사진으로 그려지고 있다.

그 중심에는 언제나 사람이 있다. 그리고 그 사람을 둘러싼 것은 흙, 물, 바람, 그리고 관계다. 이제 나는 확신한다. 내 몸이 회복된 것처럼, 가평의 땅과 사람, 그리고 공동체도 다시 살아날 수 있다는 것을. 그것이 내가 꿈꾸는 가평의 새로운 얼굴, 그리고 우리가 함께 만들어 갈 치유생태계이다.

"병상의 고립에서 태어난 이 꿈이, 이제 흙 위의 길이 되어 모두의 미래로 이어지기를."

가평의 새로운 얼굴
-은퇴의 도시에서 '치유산업의 메카'로

어느 순간부터 '가평의 미래'를 이야기할 때면 대화의 첫마디는 늘 깊은 한숨으로 시작되었다.

"참 아름다운 곳인데, 왜 이렇게 조용할까."

푸른 산과 맑은 강, 사계절이 뚜렷한 이 고장에서도 어느새 생명의 기운이 희미해지기 시작했다. 젊은이들은 도시로 떠나고, 골목마다 남은 것은 노인들의 느린 발자국뿐이었다.

'인구소멸 위험지역.'

그 차가운 단어는 숫자보다 더 깊은 그림자를 드리웠다. 예측할 수 없는 기후는 농부의 손끝에서 흘린 땀의 가치를 빼앗아 갔다. 가평의 하늘은 여전히 푸르렀지만, 그 아래에 사는 사람들의 마음은 조금씩 닫혀 가고 있었다.

그러나 나는 그 절망의 땅 위에서 새로운 풍경의 씨앗이 자라고 있음을 보았다. 그 이름은 "가평형 치유산업"이다. 이 새로운 물결은 기계나 자본이 아니라 사람의 온기와 흙의 향기로 돌아간다. 이곳에서 복지는 단순한 보호가 아니라 능동적인 '치유(Healing)'가 되고, 고립된 개인은 '관계(Social)' 속에서 다시 연결된다.

이 변화의 심장부에 '가평 그린케어 커뮤니티(GCC)'가 있다. GCC는 단순한 조직이 아니라, 가평 곳곳에 흩어진 농장(PCC)과 사람들을 잇는 따뜻한 모세혈관이다. 이곳에서는 도시의 전문가는 농부와 함께 교육 프로그램을 만들고, 은퇴한 셰프는 아이들과 치유음식을 나눈다. 겉으로는 산업의 형태를 띠지만, 그 본질은 삶을 주고받는 새로운 '문화'다.

내가 그리는 미래의 가평은 더 이상 조용하지 않다. 마을 길을 따라 자전거를 타고 출근하는 청년 기획자들, 치유정원에서 방문객에게 흙의 지혜를 가르치는 어르신들, 그리고 공동부엌에서 갓 수확한 채소로 점심을 준비하는 웃음소리가 강물을 따라 흐른다. 아이들은 맨발로 흙을 밟으며 배운다.

"이 흙이 나를 살린다."

그 풍경은 더 이상 꿈이 아니다. 이제 가평은 쇠락해 가는 '은퇴의 도시'도, 스쳐 지나가는 '관광의 도시'도 아니다. 사람과 자연, 청년과 중장년이 서로를 살려 내는 '생명 치유의 도시'다. 치유농업, 산림치유, 예술치유가 퍼머컬처의 원리처럼 유기적으로 얽혀 돌아가는 곳.

그날, 가평은 수도권의 변두리가 아니라, 대한민국의 미래가 가장 먼저 피어나는 중심지가 될 것이다. 그리고 나는 그 길 위에서 이렇게 말할 것이다.

나의 역할-흙과 사람, 세대를 잇는 다리

이제 나는 안다. 내 삶의 마지막 순간, 내가 서 있을 곳은 이 흙 위일 것이다. 차가운 병상 위가 아니라, 햇살이 비추는 정원 한가운데, 서로의 이름을 부르며 웃는 사람들 사이에서일 것이다. 그곳에서 나는 조용히 눈을 감으며 말할 것이다.

"아버지, 저도 이제 집으로 갑니다."

그 집은 내가 일군 치유농장이자, 우리 모두가 함께 가꾼 가평이라는 숲이다. 그 숲에서 우리는 함께 늙고, 서로를 돌보고, 다시 늙으며 젊어지는 순환의 삶을 산다. 그것이 내가 꿈꾸는 가평의 새로운 얼굴이다.

"가평의 미래는 먼 내일이 아니라, 오늘 이 흙 위에서 자라고 있다."

이제 나는 치유의 실천가이자 농부로서 이 길 위에 서 있다. 내 손은 여전히 흙을 만지고, 내 마음은 여전히 사람을 향한다.

나는 '퍼머컬처 커뮤니티 케어팜(PCC)'을 통해 개인의 회복을 실험했고, 그 회복을 '가평 그린케어 커뮤니티(GCC)'를 통해 공동체의 언어로 확장했다. 그리고 이제, 나는 그 두 세계—흙과 사람, 도시와 농촌, 청년과 노년—을 잇는 다리가 되고 싶다. 그 다리를 건너는 이들은 다시 이 땅 위에서 살아갈 이유를 찾고, 서로의 이름을 배우며, 함께 늙어 가는 법을 배울 것이다.

결국 내가 하는 일은 '회복의 구조를 설계하는 일'이다. 그것은 단순히 농장을 가꾸는 일이 아니라, "사람과 사람의 관계를 다시 세우고, 사람과 자연의 질서를 회복하는 일"이다. 이것이 내가 평생 준비해 온 길이며, 가평이 걸어갈 치유의 길이다.

이제 나는 조용히 삽을 내려놓고 하늘을 올려다본다. 소나무 잎 사이로 바람이 속삭인다.

"너는 이미 네 일을 다했다."

나는 미소 짓는다.

그것이 내가 살아 있는 동안, 그리고 이 땅이 숨 쉬는 한 맡고 싶은 마지막 일이다. 나는 흙과 사람을 잇는 다리로 남고 싶다. 그 다리 위에서 다음 세대가 다시 길을 찾을 수 있기를 바란다.

후대에게 남기는 길—비석 대신 풍경을

너희가 이 글을 읽는 시점에는, 아마 내가 걸어온 이 치열했던 시간이 오래된 옛날이야기처럼 느껴질지도 모르겠다. 하지만 나는 확신한다. 내가 가평의 흙 위에서 보고 느꼈던 이 풍경들은, 너희가 살아갈 미래에 더욱 절실한 해답이 될 것임을.

나는 너희에게 높은 빌딩이나 통장 잔고 대신, "사람을 살리는 풍경"을 유산으로 남기고 싶다.

〈내가 목격한 세 가지 풍경〉

내가 물려주고 싶은 것은 거창한 이론이 아니다. 이곳 치유농장에서 매일 마주했던, 삶이 다시 시작되는 구체적인 순간들이다.

첫째, "설렘의 풍경"이다. 평생 교단에 서다 은퇴한 선생님이 벗꽃길을 걸으며 "내 인생의 두 번째 봄이 왔다."며 눈시울을 붉히던 그

표정을 기억한다. 사회적 역할이 끝났다고 믿었던 노년이, 흙과 꽃을 만나 다시 청춘의 설렘을 회복하는 모습. 그것은 늙음이 쇠락이 아니라 성숙임을 증명하는 장면이었다.

둘째, "희망의 풍경"이다. 고사리손으로 텃밭에 작은 씨앗을 심으며 "할아버지, 이 씨앗도 나처럼 자라서 꽃이 피겠죠?"라고 묻던 아이의 맑은 목소리를 기억한다. 스마트폰 화면 속 가상 세계가 아니라, 살아 있는 흙의 감촉을 배우며 자라는 아이들. 그들이야말로 흙이 키워 낼 가장 아름다운 열매다.

셋째, "치유의 풍경"이다. 소나무 숲 황톳길을 맨발로 걸으며 "이제야 숨이 쉬어진다."고 말하던 암 환우의 편안한 미소를 기억한다. 병원의 차가운 기계가 주지 못한 위로를 투박한 흙길이 건네주었다. 자연이 인간을 어떻게 품어 주는지를 보여 주는 숭고한 순간이었다.

길을 잃은 너희에게 흙이 답할 것이다

사랑하는 다음 세대여. 너희가 살아갈 세상은 지금보다 더 빠르고, 더 화려하며, 더 복잡할 것이다. AI가 모든 답을 내놓고, 클릭 한 번으로 욕망이 해결되는 세상일지 모른다. 하지만 역설적이게도 바로 그렇기에, "몸으로 겪고 땀으로 얻는" 이 농장의 가치는 더욱 빛날 것이다.

언젠가 너희도 인생의 길을 잃을 때가 올 것이다. 속도에 지치고,

관계에 상처받아 어디로 가야 할지 모를 때, 그때 주저 없이 이 흙 위로 돌아오라. 흙은 너희를 평가하지 않는다. 재촉하지도 않는다. 그저 묵묵히 받아 주고, 다시 일어설 힘을 줄 것이다.

농업은 단순히 먹거리를 생산하는 산업이 아니다. 무너진 마음을 살리고, 끊어진 관계를 잇고, 흩어진 공동체를 다시 세우는 '생명 산업'이다. 씨앗 하나를 심는 일은 느리고 더딘 것 같아도, 그 씨앗은 반드시 꽃을 피우고 숲을 이룬다. 내가 먼저 걸어간 이 '치유의 길'이 너희에게 든든한 이정표가 되기를 바란다.

비석 대신 흙에 이름을 새기며

언젠가 내 이름 석 자는 사람들의 기억 속에서 희미해질 것이다. 그래도 좋다. 나는 차가운 비석에 이름을 남기는 대신, 따뜻한 흙 속에 이야기를 남기고 싶다.

도시의 소음 속에서 길을 잃었던 영혼들이 이곳에서 다시 숨을 쉬고, 서먹했던 가족이 감자를 캐며 다시 손을 맞잡았던 그 따뜻한 기억들. 비가 내리고 바람이 불어도 씻겨 가지 않을 그 이야기들이 이 흙 속에 거름처럼 남아, 누군가의 차가운 겨울을 데워 줄 수 있다면 나는 그것으로 충분하다.

"나는 치유농장에서 나이 들기로 했다."

이 문장은 나 혼자만의 다짐이 아니라, 너희에게 남기는 나의 마지막 초대장이자 약속이다. 부디 이 길 위에서, 너희도 서로를 돌보며 존엄하게 나이 들어가는 기쁨을 누리기를.

왜 나는 치유농장에서 나이 들기로 했는가

이 책의 첫 장을 열며 나는 아버지의 마지막 목소리를 떠올렸다. "애야, 이제 집으로 가자." 차가운 중환자실 기계음 속에서 들었던 그 간절한 외침은 내 평생의 화두가 되었다. 도대체 우리가 돌아가야 할 진짜 '집'은 어디인가.

이제 긴 여정 끝에 나는 그 답을 이 흙 위에서 찾았다. 집은 물리적인 건물이 아니었다. 내 몸이 가장 편안하게 숨 쉬고, 아픈 이웃들이 서로의 온기에 기대어 쉬며, 생명의 순환이 멈추지 않는 곳. 바로 이 '치유의 정원'이 아버지가 그토록 그리워하셨던 집이자, 내가 남은 생을 바쳐 짓고 있는 집이다.

1. 삶의 궤적—전환, 그리고 통합

돌이켜 보면, 내 인생은 매 순간 '전환'의 연속이었다. 흙먼지 날리던 청평을 떠나 낯선 서울로 향하던 소년의 불안한 발걸음, 깜빡이는 스탠드 불빛 아래서 잠을 쫓으며 버텼던 주경야독의 청춘, 미국 아이오와에서 겪은 가치관의 충격, 그리고 마침내 암이라는 거대한 벽 앞에서 내 몸의 밭을 처음으로 들여다보게 된 멈춤의 시간까지.

이 모든 궤적은 각기 다른 방향으로 흩어지는 듯 보였지만, 결국 하나의 길을 가리키고 있었다. 바로 "치유농장"이라는 이름의 길이었다. 그래서 나의 이 마지막 선택은 과거로의 쓸쓸한 회귀가 아니다. 그것은 내가 살아온 모든 시간과 가치, 내가 겪어 낸 모든 고통과 깨달음이 한데 모여 미래로 뻗어 가는 가장 능동적인 통합이다.

2. 감사의 헌사–나를 지탱해 준 흙과 같은 사람들

이 농장은 또한, 내 삶을 지탱해 준 이들을 향한 경의이자 감사의 표현이다.

어릴 적 불어난 흙탕물 속으로 밧줄을 묶고 뛰어드시던 아버지의 뒷모습에서 나는 '진짜 어른'의 책임을 배웠다. 자신들의 꿈을 기꺼이 뒤로한 채, 오직 동생의 앞날을 위해 묵묵히 청춘을 바쳤던 누이들의 헌신은 내 삶의 단단한 뼈대가 되었다.

그리고 방황하던 내 삶에 살아 있는 집이 되어 준 아내. 당신의 믿음과 기도가 없었다면 나는 지금 이 자리에 서 있지 못했을 것이다. 또한 언제나 고향의 항구를 지켜 준 든든한 등대지기, 나의 동생 부부에게도 깊은 고마움을 전한다.

마지막으로, 투병의 터널 속에서 찾아온 작은 생명, 나의 손자. 너의 탄생은 내가 고통을 견디고 다시 살아야만 하는 가장 강력한 이유이자 희망이었다.

3. 가평의 꿈—치유가 일상이 되는 도시

나의 꿈은 개인의 정원에서 멈추지 않는다. 내가 선 이곳 가평은 이제 수도권의 변두리가 아니라, 대한민국 치유 산업의 심장이 될 것이다.

퍼머컬처의 원리처럼, 이곳에서는 모든 것이 연결된다. 치유농업, 산림치유, 치유음식, 그리고 예술과 관광이 유기적으로 얽혀 하나의 거대한 '치유 생태계(GCC)'를 이룰 것이다.

더 이상 은퇴자들의 쉼터가 아니다. 청년이 돌아와 일자리를 얻고, 아이들이 생태를 배우며, 노년이 존엄하게 보호받는 '순환의 도시'. 그날, 가평은 단순한 관광지가 아니라 사람을 살리는 미래 도시의 모델로 기록될 것이다.

4. 미래를 위한 풍경: 비석 대신 흙에 새기다

나는 훗날 내 이름 석 자가 새겨진 비석을 남기기보다, '사람을 살리는 풍경'을 유산으로 남기고 싶다. 이 거대한 꿈이 실현된 도시에서, 내가 보고 싶은 풍경들은 지극히 소박하고 구체적이다.

은퇴한 선생님이 벚꽃길을 걸으며 삶의 두 번째 설렘을 찾는 눈빛, 텃밭에서 고사리손으로 씨앗을 심으며 "이것도 나처럼 자라요?"라고 묻는 아이의 목소리, 그리고 황톳길을 맨발로 걷는 환우의 편안한 미소. 이 살아 있는 풍경들이야말로 내가 우리 아이들에게, 그리고 다음 세대에게 물려주고 싶은 진정한 유산이다.

마지막 약속

언젠가 내 삶의 마지막 순간, 나는 하얀 병실 천장이 아니라 쏟아지는 별빛 아래, 혹은 내가 심은 나무 그늘 아래 서 있을 것이다. 흙 묻은 손을 털며, 가장 편안한 얼굴로 하늘에 계신 아버지께 이렇게 답할 것이다.

"아버지, 말씀대로 집에 왔습니다. 참 따뜻하고 좋은 집입니다."

나는 치유농장에서 나이 들기로 했다.
이것이 내 삶의 결론이자,
이 흙에 남기는 나의 마지막 약속이다.

나의 마지막 정원을 가꾸려는 당신에게

책장을 덮는 지금, 혹시 당신의 마음속에 작은 두려움이 일렁이고 있나요?

"나에게도 그런 정원을 가꿀 힘이 남아 있을까?"
"지금 시작하기엔 너무 늦은 게 아닐까?"

그런 당신에게, 먼저 이 길을 걸어 본 동료로서 꼭 해 주고 싶은 말이 있습니다. 당신의 마지막 정원은, 땅을 사는 것으로 시작되지 않습니다. 그것은 내 발밑의 흙을 다시 느끼기로 결심하는 마음, 바로 그 'Zone 0'에서 시작됩니다.

1. 크기에 압도되지 마십시오

거창한 농장을 꿈꿀 필요는 없습니다. 1,000평의 땅이 있어야 치유가 일어나는 것은 아닙니다. 햇볕이 잘 드는 베란다의 화분 하나,

옥상의 스티로폼 상자텃밭 하나면 충분합니다. 그 작은 흙 속에 바질 씨앗 하나를 심으십시오. 그리고 매일 아침 그 씨앗에 물을 주며 눈을 맞춰 보십시오. 그 작은 생명이 껍질을 깨고 올라오는 순간, 당신은 이미 위대한 농부이자 치유자입니다. 정원의 크기가 아니라, 당신이 맺는 '관계의 깊이'가 치유의 크기를 결정합니다.

2. 완벽하려 하지 마십시오

우리는 평생을 경쟁 속에서, 실수하지 않기 위해 긴장하며 살았습니다. 하지만 흙 위에서는 그러지 않아도 됩니다. 때로는 씨앗이 싹을 틔우지 못할 수도 있고, 서툰 호미질에 작물이 다칠 수도 있습니다. 괜찮습니다. 자연은 실패를 탓하지 않고, 그 실패마저 거름으로 삼아 다음 생명을 키워 냅니다. 흙은 당신을 평가하지 않습니다. 그저 묵묵히 기다려 줄 뿐입니다. 그러니 부디, 정원에서는 '성과'를 내려놓고 '과정'을 즐기십시오.

3. 혼자가 아님을 기억하십시오

흙을 만지는 일은 고독해 보이지만, 결코 혼자가 아닙니다. 당신이 흙을 만지는 순간, 흙 속의 수억 마리 미생물이 당신과 악수할 것이고, 바람과 햇살이 당신의 어깨를 감싸 줄 것입니다. 그리고 기억하십시오. 당신과 같은 꿈을 꾸며, 어딘가에서 흙을 일구고 있는 우리가 있습니다. 힘들 때면 언제든 가평으로 오십시오. 우리가 먼저 닦아 놓은 황톳길을 걷고, 투박하지만 따뜻한 밥상을 함께 나눕시다.

이제, 당신 차례입니다. 구두를 벗고, 맨발로 흙 위에 서십시오. 그 차가우면서도 따뜻한 감촉이 당신에게 말을 걸어올 것입니다.

"어서 와요. 오래 기다렸습니다."

당신의 마지막 정원이, 당신의 가장 아름다운 시작이 되기를….

_흙 위에서, 당신의 친구 조영빈 드림.

치유농업의 길을 걷는 소중한 동료들에게

이 길은 참 외로운 길입니다. 당장 눈앞의 소득이 보장된 것도 아니고, 누군가가 알아주는 화려한 무대도 아닙니다. 잡초는 끝없이 자라나고, 태풍 한 번에 공들인 밭이 무너지는 것을 지켜봐야 하는, 흙과 땀과 눈물의 길입니다. 어쩌면 주변에서 "왜 사서 고생을 하느냐?"는 말을 수없이 들으셨을지도 모릅니다. 하지만 동료 여러분, 우리는 압니다. 우리가 짓는 농사는 작물만이 아니라 "사람의 마음"을 기르는 일이라는 것을요.

1. 당신이 먼저 행복해야 합니다(Zone 0의 원칙)

가장 먼저 드리고 싶은 말씀은 이것입니다.

"부디, 당신 자신을 갈아 넣어 타인을 치유하려 하지 마십시오."

우리는 흔히 '봉사'나 '희생'이라는 단어에 갇혀, 정작 치유자인 자신의 몸과 마음이 메말라 가는 것을 방치하곤 합니다. 하지만 제가 병상에서 뼈저리게 깨달은 것이 있습니다. 내가 불행하면 내 밭의 작물도, 나를 찾아오는 사람도 결코 행복해질 수 없다는 사실입니다.

치유농업의 시작점은 언제나 '나(Zone 0)'여야 합니다. 당신이 먼저 흙의 위로를 받고, 당신이 먼저 텃밭의 식탁에서 웃을 수 있어야 합니다. 당신의 행복한 에너지가 흘러넘쳐 곁에 있는 이들에게 가닿는 것, 그것이 가장 강력한 치유 프로그램입니다.

2. 우리는 농부이자, 생명 디자이너입니다

우리의 일은 단순히 씨앗을 심고 수확하는 것에 그치지 않습니다. 상처 입은 도시인이 흙을 만지며 다시 숨 쉬게 하고, 갈 곳 잃은 노인이 텃밭에서 자신의 쓸모를 발견하게 돕는 일. 우리는 무너진 생태계와 단절된 인간관계를 다시 잇는 '관계의 디자이너'들입니다.

그러니 자부심을 가지십시오. 우리가 땀 흘려 가꾼 이 치유농장은, 경쟁에 지친 우리 사회가 숨을 쉬기 위해 찾아올 마지막 비상구이자 산소호흡기입니다.

3. 혼자 걷지 말고, 숲이 됩시다

치유농업은 혼자서 완성할 수 없습니다. '퍼머컬처'에서 토마토와 바질이 서로를 돕듯, 우리도 서로의 '동반 식물'이 되어 주어야 합니다. 힘들 때면 언제든 서로의 밭둑에 앉아 쉬어 가게 해 주고, 서로의 지혜를 퇴비처럼 나누어야 합니다.

저의 가평농장(GCC)은 언제나 열려 있습니다. 길을 걷다 지치면 언제든 오십시오. 투박한 밥 한 끼 나누며 서로의 어깨를 토닥여 줍시다. 우리가 각자의 자리에서 작은 점으로 존재하지 않고, 서로 연결되어 단단한 숲을 이룰 때, 대한민국은 비로소 '치유의 나라'가 될 것입니다.

보이지 않는 곳에서 묵묵히 호미질을 하고 계실 전국의 모든 치유농업 동지들께. 뜨거운 존경과 사랑을 보냅니다.

"부디 흙 위에서, 건승하십시오."

_가평의 치유농장에서, 여러분의 동료 조영빈 드림.

흙에 남기는 마지막 문장

언젠가 시간이 흘러, '조영빈'이라는 내 이름 석 자가 사람들의 기억 속에서 희미해질 날이 올 것이다. 그래도 좋다. 나는 차가운 돌비석 위에 이름을 남기는 대신, 따뜻한 흙 속에 이야기를 심고 떠나고 싶다.

내가 떠난 뒤에도 이 정원에는 여전히 바람이 불고, 꽃은 피고 질 것이다. 도시의 소음 속에서 길을 잃었던 아이가 흙장난을 하며 다시 웃음을 터뜨리고, 평생을 앞만 보고 달리다 지쳐 버린 어르신이 나무 벤치에 앉아 편안한 숨을 내쉬며, 서먹했던 가족이 함께 감자를 캐며 다시 손을 맞잡는 풍경.

비가 내리고 바람이 불어도 씻겨 가지 않을 그 따뜻한 풍경들이 이 흙 속에 거름처럼 남아, 누군가의 차가운 겨울을 데워 줄 수 있다면 나는 그것으로 충분하다.

나는 이제 알 것 같다. 우리가 돌아가야 할 곳은 물리적인 집이 아니라, 서로의 온기에 기대어 쉴 수 있는 '생명의 품'이라는 것을.

나의 마지막 날, 나는 하얀 병실 천장이 아니라 쏟아지는 별빛 아래, 혹은 내가 심은 나무 그늘 아래 누워 있을 것이다. 흙 묻은 손을 털며, 가장 편안한 얼굴로 하늘에 계신 아버지께 이렇게 답할 것이다.

"아버지, 말씀대로 집에 왔습니다. 참 따뜻하고 좋은 집입니다."

나는 치유농장에서 나이 들기로 했다.
이것이 내 삶의 결론이자,
이 흙에 남기는 나의 마지막 사랑이다.

_조영빈, 「나는 치유농장에서 나이 들기로 했다」를 마치며.

부록

나를 살린 치유 밥상
─흙에서 거두고 정성으로 차린 회복의 레시피

수술 후 지난 1년, 나에게 '먹는 일'은 단순히 허기를 채우는 행위가 아니었습니다. 그것은 무너진 몸의 균형을 되찾고, 스스로를 귀하게 대접하는 매일의 엄숙한 의식이었습니다. 약보다 먼저 내 몸을 살려 낸 것은 텃밭에서 갓 따 온 채소의 생명력과, 그것을 다듬고 끓이며 불어넣은 정성이었습니다.

여기, 암 투병과 회복의 긴 터널을 지나며 내 몸과 마음을 지탱해 준 '치유의 식단'을 공유합니다. 거창한 요리는 아니지만, 자연의 시간을 따라 차려 낸 이 소박한 밥상이 당신의 회복에도 따뜻한 위로가 되기를 바랍니다.

1. 아침: 세포를 깨우는 부드러운 시작

아침 식탁은 밤새 움츠러든 몸을 부드럽게 깨우는 시간입니다. 소화가 편한 유동식(流動食)과 따뜻한 국물, 그리고 신선한 채소의 수분으로 하루를 살아갈 에너지를 채웠습니다.

따뜻한 두유 오트밀(D+84, D+205)

- 재료: 오트밀, 두유, 바나나, 블루베리, 호두
- 치유의 한 줄: 우유 대신 두유에 오트밀을 뭉근하게 끓입니다. 여기에 바나나의 단맛과 견과류의 고소함을 더하면, 속을 편안하게 감싸 주는 최고의 보양식이 됩니다.

- 재료: 케일, 블루베리, 사과, 당근, 바나나, 두유 / 찐 단호박
- 치유의 한 줄: 텃밭의 케일과 과일을 갈아 만든 초록빛 한 잔은 마시는 즉시 혈관을 타고 흐르는 생명력입니다. 찐 단호박의 달콤함이 든든함을 더해 줍니다.

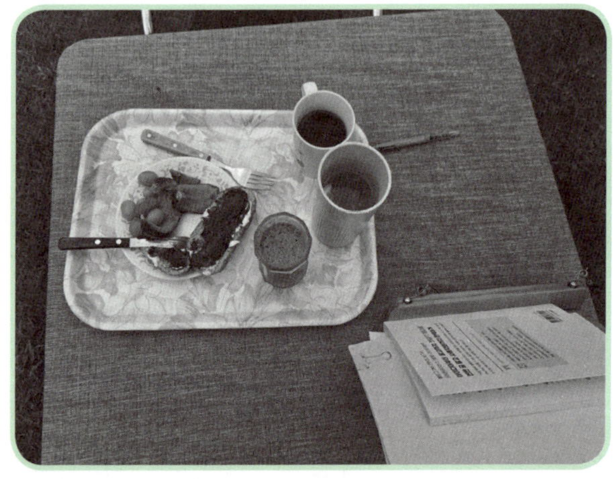

- 재료: 각종 버섯, 들깨가루 / 무, 소고기
- 치유의 한 줄: 찬바람이 불 때, 들깨의 고소함과 무의 시원함은 얼어붙은 몸을 녹이는 온기가 됩니다. 국물 한 모금에 긴장이 풀리고 하루의 활력이 돕니다.

순두부탕과 통곡물빵(D+241)

- 재료: 순두부, 알배추, 참송이버섯 / 통곡물빵
- 치유의 한 줄: 간을 거의 하지 않은 슴슴한 순두부탕. 재료 본연의 맛이 우러난 국물은 자극에 지친 미각을 되살려 주는 가장 순수한 처방전입니다.

2. 점심: 일상의 즐거움과 활력

점심은 조금 더 과감하게 즐겼습니다. 잃어버린 미각을 되찾는 별미, 그리고 회복된 나를 축하하는 특별한 메뉴들로 '먹는 즐거움'을 만끽했습니다.

통밀 파스타와 소갈비살(D+187)

• 재료: 통밀 파스타, 바질 페스토, 토마토, 관자, 소갈비살

• 치유의 한 줄: 180일간의 조심스러운 식단 끝에 나에게 선물한 오찬입니다. 고기의 든든한 단백질과 파스타의 풍미는 "이제 다 나았다."는 자신감을 심어 주었습니다.

오색 채소 볶음과 닭가슴살 (D+190)

• 재료: 토마토, 파프리카, 가지, 아보카도, 닭가슴살

• 치유의 한 줄: 접시 위에 핀 오색 꽃밭. 알록달록한 채소의 항산화 성분(파이토케미컬)이 몸속 염증을 씻어 내고 맑은 기운을 채워 줍니다.

3. 저녁: 지친 몸을 위한 위로와 채움

하루의 끝, 저녁 밥상은 고생한 나를 다독이는 위로의 시간입니다. 소화가 잘 되는 죽이나 찜 요리로 몸의 부담을 줄이고 깊은 잠을 준비했습니다.

전복죽(D+151)

- 재료: 전복, 불린 쌀, 참기름
- 치유의 한 줄: 몸이 천근만근 무거운 날, 고소한 참기름 향이 퍼지는 전복죽 한 그릇이면 충분했습니다. 그것은 음식이라기보다, 영혼을 데우는 따뜻한 담요 같았습니다.

- 재료: 알배추, 소갈비살
- 치유의 한 줄: 배추와 고기를 켜켜이 쌓아 쪄내면 물 한 방울 넣지 않아도 달큰한 채수가 배어 나옵니다. 자극적인 양념 없이도 재료가 가진 힘만으로 완벽한 맛을 냅니다.

• 재료: 가을 무, 들기름, 계란 프라이

• 치유의 한 줄: 갈증이 심한 날, 텃밭에서 뽑은 무를 채 썰어 밥에 비벼 먹었습니다. 무의 시원한 수분이 약보다 빠르게 몸의 열기를 식혀 주었습니다.

4. 특별한 날: 나눔으로 완성되는 식탁

혼자 먹는 밥보다 함께 나누는 밥이 더 큰 치유가 되기도 합니다. 가족과 함께했던 그날의 식탁은 제 회복의 정점이었습니다.

추석 명절 상차림(D+161)

- 메뉴: 전복 표고버섯 갈비찜, 들깨탕, 잡채
- 치유의 한 줄: 환자복을 입고 받아먹기만 하던 내가, 앞치마를 두르고 가족을 위해 갈비찜을 만들었습니다. 가족들이 맛있게 먹는 모습을 보며 비로소 깨달았습니다.

"아, 내가 다시 가장으로 돌아왔구나."

"음식은 생명입니다." 오늘 당신의 식탁 위에 놓인 한 그릇이, 당신의 몸과 마음을 다시 일으키는 가장 따뜻한 응원이 되기를 바랍니다.

부록 2.

퍼머컬처(Permaculture)
−자연을 닮은 삶의 지도

이 책에서 소개한 치유농장의 핵심 철학인 퍼머컬처(Permaculture)는 '영구적인(Permanent)'과 '농업(Agriculture)', 그리고 '문화(Culture)'의 합성어입니다. 이는 단순히 농사 기술이 아니라, "자연의 원리를 따를 때 가장 지속 가능하다."는 믿음을 바탕으로 삶의 공간과 관계를 디자인하는 방식입니다.

책에 등장한 퍼머컬처의 주요 설계 원리와 구체적인 기법들을 이곳에 정리해 둡니다. 당신만의 작은 치유정원을 설계할 때 이 지도가 도움이 되기를 바랍니다.

1. 퍼머컬처 공간 디자인: 5가지 구역(Zone) 시스템

퍼머컬처는 '나(Zone 0)'를 중심으로 에너지의 효율과 돌봄의 빈도에 따라 공간을 5단계로 나눕니다.

Zone 0—집과 나(Center)

- 개념: 에너지의 중심이자 치유의 베이스캠프.
- 역할: 삶이 머무는 곳, 부엌, 실내 공간. 모든 활동이 시작되는 곳입니다.

Zone 1—키친 가든(Kitchen Garden)

- 위치: 현관이나 부엌에서 문을 열면 바로 닿는 곳(슬리퍼 신고 나갈 수 있는 거리).
- 식재: 매일 물을 주고 수확해야 하는 허브, 쌈채소, 샐러드용 작물.
- 특징: 가장 빈번하게 돌봄이 일어나는 '상시 치유 공간'입니다.

Zone 2—푸드 포레스트(Food Forest)

- 위치: 집에서 조금 걸어 나가는 텃밭.
- 식재: 토마토, 고추, 감자, 옥수수 등 주식 작물과 작은 과실수.
- 특징: 닭이나 오리 등을 풀어놓아 동물이 잡초와 해충을 관리하게 하는 '순환 농장'입니다.

Zone 3—상업 작물 및 곡물(Cash Crops)

- 위치: 본격적인 농사 구역.
- 식재: 쌀, 보리, 콩 등 대규모 경작이 필요한 작물.
- 특징: 공동체의 자립을 위한 경제적 생산 기지입니다.

Zone 4—반야생(Semi-Wild)

- 특징: 땔감을 얻거나 버섯을 재배하는 숲. 인간의 개입을 최소화하고 자연의 힘을 빌리는 곳입니다.

Zone 5—야생(Wilderness)

- 특징: 인간의 손길이 닿지 않는 보존 구역. 자연이 스스로 치유하고 회복하는 침묵의 공간이자, 인간이 자연에게서 배우는 명상의 장소입니다.

	기능	구조물	작물	적절한 농법	수원	동물
1지구 가장 집중적으로 유용하고 들보는 곳, 자립 지구	집의 미기후 조절, 매일 먹는 식재료와 꽃 생산, 사교 공간, 식물 번식	온실, 트렐리스, 정자, 마루, 파티오, 새, 목욕통, 창고, 육묘장, 작업장, 지렁이 상자	샐러드용 무성귀, 허브, 꽃, 왜성종 과수, 키 작은 관목, 진디, 미기후에 적합한 나무	철저한 제초와 피복, 조밀하게 적응시키기, 제곱피트 텃밭과 생물 집약농법 74, 올타리유인, 번식	빗물통, 작은 연못, 생활 폐수, 집안의 수도꼭지	토끼 기니피그, 작은 가금류, 지렁이
2지구 약간 집중적으로 재배하는 곳, 가정 생산 지구	가정에서 소비할 먹거리 생산, 시장에 내다 팔 약간의 작물, 식물 번식, 새와 곤충의 서식지	온실, 헛간 연장 창고, 공구창고, 목재 창고	주요 작물과 통조림용 작물, 다기능 식물, 작은 과일나무와 작은 견과류 나무, 화재 억제 식물, 자생식물	매주 제초하고 돌보기, 한지점에 대중적으로 피복하기 피복 작물, 계절에 따른 전정	우물, 연못, 큰 물탱크, 생활 폐수, 관개시설, 스웨일	토끼, 물고기, 가금류
3지구 집중도가 낮은 곳, 대규모 재배법, 농장 지구	판매용 작물, 땔감과 목재, 목초지	사료 창고, 쉼터	환금작물, 커다란 과일나무와 커다란 견과류 나무, 가축 먹이, 방풍림 접목용 묘목, 자생식물	피복작물, 저목림작업75(低木林作業), 가벼운 전정, 이동 가능한 울타리	큰 연못, 스웨일, 토양이 머금고 있는 물	염소, 돼지, 소, 말, 양 기타 동물, 놓아기르는 가금류
4지구 최소한의 관리만 하는 곳, 사료 생산 지구	사냥, 채집, 방목	구유	땔감, 목재, 목초, 자생식물	방목과 선택적 삼림 관리	연못, 스웨일, 개울	방목하는 동물
5지구 전혀 관리하지 않는 곳, 야생 지구	영감, 야생식물 채집, 명상	없음	자생식물, 버섯	관리하지 않음, 가끔 산야초 채취	호수, 개울	원래부터 있던 동물

2. 대표적인 생태 디자인 기법

자연에는 쓰레기가 없고, 경쟁보다는 공존이 유리합니다. 이 원리를 텃밭에 적용한 디자인들입니다.

키홀 가든(Keyhole Garden)—순환의 텃밭

- 형태: 열쇠 구멍 모양의 원형 정원. 한가운데에 '퇴비통'이 있습니다.
- 원리: 요리하고 남은 음식물 쓰레기를 중앙 퇴비통에 넣으면, 지렁이와 미생물이 이를 분해해 주변 흙으로 영양분을 보냅니다.
- 효과: 쓰레기가 곧 거름이 되는 완벽한 순환을 눈으로 확인하며 기를 수 있습니다.

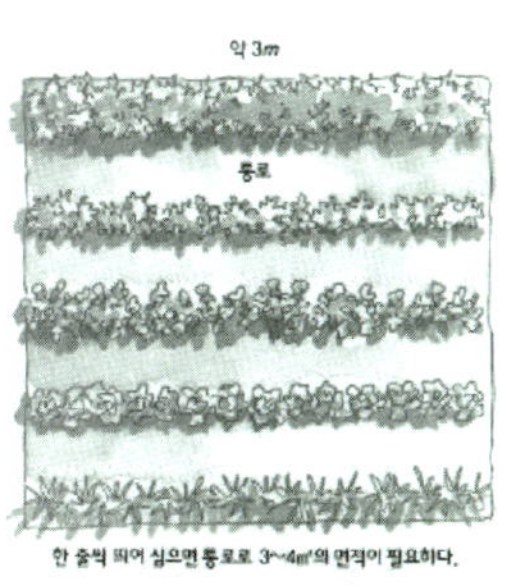

1. 통로면적: 1/2

2. 통로면적: 1/3

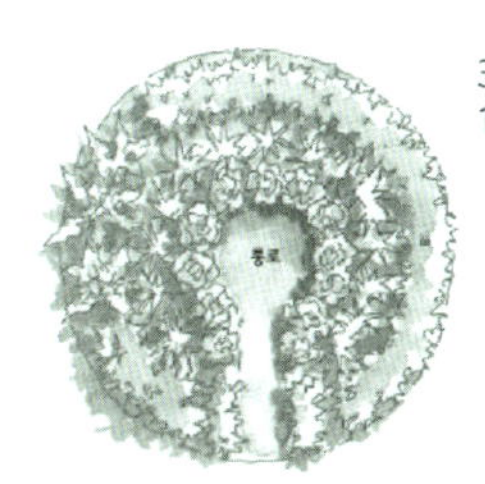

3. 통로면적: 1/4

만다라 정원 (Mandala Garden)—공존의 텃밭

• 형태: 둥근 원형의 밭을 여러 조각으로 나눈 모양.

• 원리: '동반 식물(Companion Planting)'을 활용하여 서로 돕는 작물끼리 함께 심습니다.

　- 토마토 + 바질: 바질 향이 해충을 쫓고 토마토 맛을 좋게 함.

　- 채소 + 한련화 / 메리골드: 꽃이 진딧물을 유인하거나 흙 속 병해충을 막아 줌.

　- 콩과 식물: 흙 속에 질소를 고정해 땅을 비옥하게 함.

• 효과: 화학 농약 없이도 식물들이 서로를 지켜 주는 건강한 생태계를 만듭니다.

• 형태: 땅바닥이 아니라 허리 높이(70~80cm)까지 흙을 채워 올린 화단.

• 원리: 휠체어를 탄 사람이나 무릎이 아픈 어르신도 허리를 굽히지 않고 흙을 만질 수 있게 설계합니다. 통로 폭은 1.5m 이상 확보하여 휠체어 회전이 가능하게 합니다.

• 효과: 장애나 나이가 노동의 소외가 되지 않도록 하는 '무장애(Barrier-Free)' 치유 공간입니다.

- 형태: 달팽이를 닮은 입체 정원 지름 1.5~2미터 남짓한 원형의 땅에 돌이나 벽돌을 나선형으로 쌓아 올린 입체적인 화단입니다. 평평한 밭이 아니라, 중심부로 갈수록 흙의 높이가 점점 높아지는 '달팽이 껍질(나선형)' 모양을 하고 있습니다. 가장 낮은 곳에는 작은 연못을 두어 물이 고이게 마감하기도 합니다.

- 원리: 미기후(Microclimate)의 마법 핵심 원리는 흙의 '높낮이'와 '방향'을 이용해, 하나의 화단 안에 서로 다른 기후 환경(미기후)을 인위적으로 만드는 것입니다.

  - 중력과 수분: 물은 위에서 아래로 흐릅니다. 꼭대기는 물이 빨리 빠져 건조하고, 바닥은 물이 모여 습해집니다.

  - 태양과 그늘: 남쪽 사면은 하루 종일 햇빛을 받아 따뜻하고, 북쪽 사면이나 돌 뒤편은 그늘이 져서 서늘합니다.

  - 열용량: 화단을 감싼 돌이나 벽돌은 낮 동안 태양열을 저장했다가 밤에 내뿜으며 식물을 보호합니다.

- 효과: 다양성의 공존과 효율 이 작은 '환경의 차이' 덕분에 성격이 전혀 다른 식물들이 한곳에서 어우러져 자랄 수 있습니다.

  - 중식재의 다양성: 건조하고 해를 좋아하는 로즈마리·라벤더(정상), 적당한 수분을 즐기는 바질·파슬리(중간), 물을 좋아하고 그늘을 견디는 민트·미나리(바닥)가 한 울타리 안에서 공존합니다.

  - 공간 효율성: 평면 재배보다 식재 면적을 넓게 활용할 수 있어 좁은 텃밭에 유리합니다.

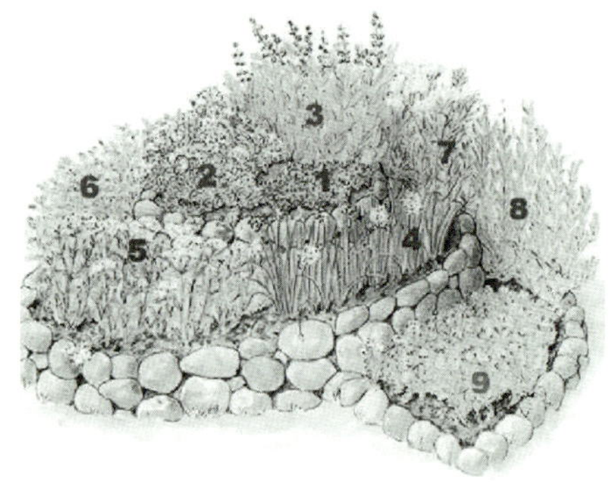

상단부: 1 타임, 2 로즈마리, 3 라벤다, 7 세이지
중간부: 4 차이브, 5 딜, 6 레몬밤
하단부: 8 바질, 9 민트

- 노동의 최소화: 입체적으로 솟아 있어 허리를 깊게 숙이지 않고
  도 손쉽게 허브를 수확할 수 있습니다.

"자연은 서두르지 않지만, 모든 것을 이룹니다."

퍼머컬처는 밭을 가는 기술이 아니라, 자연의 속도에 맞춰 내 삶을
경작하는 마음의 기술입니다.

내 영혼의 책장
−경영전략 마케팅 전문가에서 농부로, 나를 이끈 문장들

치유농업의 길을 걸으며 길을 잃을 때마다 나에게 나침반이 되어 준 책들을 소개합니다. 젊은 날 치열하게 파고들었던 경영전략 마케팅 이론부터 투병 중에 만난 흙의 철학까지, 이 책들은 나에게 농사가 단순한 노동이 아님을, 흙을 만지는 일이 곧 나를 돌보는 일임을 가르쳐 주었습니다. 당신의 서재에도 이 지혜가 깃들기를 바랍니다.

1. 경영전략 마케팅 전문가에서 농부로: 일과 삶의 연결

젊은 시절 비즈니스 현장에서 배웠던 관계와 독립의 원칙은, 흙 위에서 식물을 대하는 농부의 마음과 놀랍도록 닮아 있었습니다.

- 저자: 돈 페퍼스, 마사 로저스
- 나의 밑줄: "모든 고객은 다르다. 한 사람에게 맞는 관계를 맺어라."
- 농부의 단상: 젊은 날 마케팅의 바이블이었던 이 책을 텃밭에서 다시 펼칩니다. 작물도 사람처럼 저마다의 성격과 속도가 다릅니다. 획일적인 비료가 아니라, '내 작물 한 포기'와 나누는 1:1의 교감. 그것이 내가 실천하는 진정한 원 투 원 농법입니다.

- 저자: 다니엘 핑크
- 나의 밑줄: "조직이 아니라 나 자신의 힘으로 서라."
- 농부의 단상: 조직을 떠나 홀로서기를 고민하던 시절, 이 책은 용기가 되었습니다. 그리고 지금 깨닫습니다. 자신의 땀으로 일구고, 하늘의 뜻에 순응하며, 수확의 책임을 오롯이 지는 '농부'야말로 세상에서 가장 정직하고 독립적인 프리에이전트라는 사실을요.

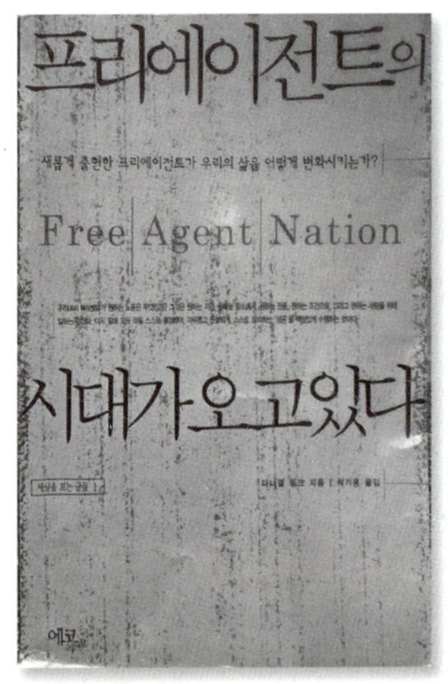

2. 귀향의 본능: 다시 집으로 돌아오는 길

암이라는 시련은 앞만 보고 달리던 나를 멈춰 세웠습니다. 그때 이 책들은 우리가 결국 어디로 돌아가야 하는지, 그 '집'의 방향을 가리켜 주었습니다.

「돌아온 래시」(Lassie Come-Home)

- 저자: 에릭 나이트

- 나의 밑줄: "래시는 본능이 이끄는 대로, 집을 향해 수백 킬로미터를 걸었다."

- 농부의 단상: 래시의 여정은 나의 투병기와 닮았습니다. 고난의 산을 넘어 나는 결국 아버지의 유언이 깃든 '흙'이라는 집으로 돌아왔습니다. 우리 모두에게는 자연으로 회귀하려는 '영혼의 귀소본능'이 있습니다.

- 저자: 헨리 데이비드 소로
- 나의 밑줄: "나는 삶의 본질적인 사실들만을 마주하기 위해 숲으로 갔다."
- 농부의 단상: 소로가 월든 호수에서 찾은 것은 은둔이 아니라 '주체적인 삶'이었습니다. 나 또한 치유농장에서 세상의 시계가 아니라, 나만의 속도로 숨 쉬는 법을 매일 다시 배웁니다.

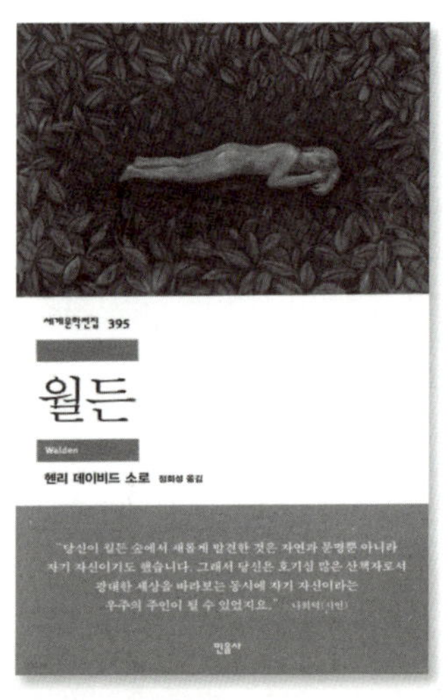

- 저자: 조너선 하이트
- 나의 밑줄: "우리는 인류 역사상 처음으로 '현실 세계'를 떠나 '가상 세계'로 이민을 가 버렸다."
- 농부의 단상: 스마트폰 화면 속에 갇혀 '몸'을 잃어버린 현대인들에게, 왜 흙이 있는 '진짜 세상'으로의 로그인이 가장 강력한 치유인지 사회심리학적으로 증명해 준 책입니다.

3. 흙의 지혜: 치유와 공존을 배우다

흙을 만지며 나는 비로소 알았습니다. 나를 살리는 것은 약이 아니라, 땅과의 입맞춤이라는 것을요.

- 저자: 조시 티켈
- 나의 밑줄: "땅을 돌보는 것은 곧 나를 돌보는 일이다."
- 농부의 단상: 암 투병 중 이 문장을 읽으며 전율했습니다. 흙 속의 미생물을 살리는 일이 곧 내 몸의 면역력을 살리는 길임을 알게 되었습니다. 흙을 만지는 행위는 고된 노동이 아니라, 지구와 나누는 가장 뜨거운 입맞춤입니다.

- 저자: 토비 헤멘웨이
- 나의 밑줄: "정원은 가꾸는 장소가 아니라 함께 살아가는 과정이다."
- 농부의 단상: 인간 중심의 오만한 농사법을 내려놓게 한 나의 첫 번째 퍼머컬처 교과서입니다. 치유농장이란 멋진 조경을 만드는 것이 아니라, 사람과 흙, 곤충이 어우러지는 '관계의 생태계'를 디자인하는 예술임을 배웠습니다.

4. 미래의 식탁: 생명을 살리는 선택

개인의 치유를 넘어, 우리는 무엇을 먹고 어떻게 살아야 할까요? 이 책들은 나의 텃밭이 나아가야 할 '생명 경제'의 비전을 보여 주었습니다.

「제3의 식탁」(The Third Plate)

- 저자: 댄 바버
- 나의 밑줄: "요리는 주방이 아니라 밭에서 시작된다."
- 농부의 단상: 산업화된 식탁(제1)과 팜투테이블의 한계(제2)를 넘어, 이제는 흙과 종자, 생태계 전체를 생각하며 먹는 '제3의 식탁'이 필요합니다. 내가 가꾸는 PCC 농장이 바로 그 미래의 식탁을 차리는 부엌입니다.

- 저자: 이의철
- 나의 밑줄: "나의 식사가 지구의 온도를 낮춘다."
- 농부의 단상: 무엇을 먹느냐가 곧 지구를 살리는 일입니다. 텃밭에서 기른 채소 위주의 식단은 내 몸의 염증을 치유했을 뿐만 아니라, 병든 지구의 열기를 식히는 가장 구체적인 실천이었습니다.

- 저자: 자크 아탈리
- 나의 밑줄: "화석연료의 시대에서 생명 순환의 시대로."
- 농부의 단상: 자본이 지배하던 '산업 경제'는 저물고 있습니다. 이제는 생명과 생태계의 순환 가치를 최우선으로 하는 '생명 경제'의 시대입니다. 쓰레기를 거름으로 만들고 돌봄을 통해 가치를 생산하는 치유농장(GCC)이, 바로 그 거대한 전환의 최전선입니다.